Strast u doba korone

Višnja Savić

Published by Višnja Savić, 2020.

This is a work of fiction. Similarities to real people, places, or events are entirely coincidental.

STRAST U DOBA KORONE

First edition. May 4, 2020.

Copyright © 2020 Višnja Savić.

ISBN: 979-8224989317

Written by Višnja Savić.

Izlečenje komšinice

Video sam je onog dana kada se vratila u našu zgradu. Kao i mnogi drugi, zbog pandemije je došla u svoj rodni grad. Na visokim potpeticama, pomalo savijenih kolena, sa mukom je za sobom vukla veliku torbu na točkićima. Na jednom ramenu je imala ruksak a u drugoj ruci još jednu veliku torbu. Hodala je polako, videlo se da jedva izdržava toliki teret. Bilo mi je žao da je gledam tako. Odmah sam požurio ka njoj.

"Komšinice... Jel treba pomoć?"

Ništa nije rekla. Samo me je pogledala, na kratko uzdržano pozdravila i nastavila dalje. Kad smo stigli do ulaza, praktično sam morao da joj otmem torbu iz ruke.

"Ma daj, pomoći ću ti kad sam već tu"

Došli smo do lifta i ušli u njega. Stala je pored vrata, prekrila maskom lice i pritisnula dugme svog sprata. Dok sam je odmeravao od pozadi, pomislio sam kako se nimalo nije promenila. Ni po izgledu, a ni po stavu. Od kako je znam bila je hladna i nekako uzdržana. Bila je nekoliko godina mlađa od mene, i nikad nisam primetio da se družila sa nekim iz zgrade. Ili sa bilo kim drugim. Delovala je uštogleno i kruto, a i stav joj je bio nekako nadmen, držala se uspravno i visoko dignute brade, kao da nije smela da se opusti.

Odmeravao sam njeno telo. Po običaju je bila lepo obučena. Nadrkano i utegnuto, ali uvek lepo za oko. Iako je tek bila došla s puta, nosila je visoke potpetice. Imala je usku belu suknju koja je tesno obuhvatala njeno zgodno dupe. Kratki beli sako, skoro bolero, joj je prekrivao leđa, a na njemu je uredno stajala njena duga crna kosa. Ispod sakoa joj je bila bela majca, ravnog izreza ispod koga se lepo video njen deholte, i nazirale linije njenih velikih sisa.

Imala je skoro trideset godina, i meni je izgledala kao da se nije puno trošila u ljubavi. Ne bih se puno čudio da mi je neko rekao da nije ni imala dečka.

Dok su spratovi prolazili pored nas, nije se ni jednom okrenula ka meni. Ničim nije pokazala da joj je bilo čudno što nisam pritisnuo dugme svog sprata. Ona je stanovala na poslednjem, a ja sam kao išao sa njom da bih joj pomogao da iznese stvari iz lifta. Zapravo sam samo koristio priliku da je odmerim posle dužeg vremena. Kurac me je već žuljao u pantalonama od pogleda na nju. Hteo je napolje, ali znao sam da nisam imao nikakvu šansu kod nje. Činilo se da niko nije imao šansu.

Kad su se vrata otvorila, podigao sam dve torbe i poneo ih do njenih vrata. Spustio sam ih, a onda se uspravio i pogledao je.

"Dobrodošla"

Delovala je zbunjeno zbog mog osmeha. I dalje nije ništa rekla, samo je klimnula glavom. To je bilo najviše što sam mogao da očekujem od nje. Nije bilo razloga da se zadržavam, pa sam odmah ušao i lift i krenuo kući.

Sledećih nekoliko dana je nisam viđao. Nisam znao ni da li je stigla iz drugog grada ili države, da li je u obaveznom karantinu ili je slobodna da izađe. Znao sam samo da je živela sa svojom mamom. Verovatno je bila došla da bi joj pravila društvo i pomagala oko donošenja namirnica. Već sam bio potpuno zaboravio na nju, sve dok je nisam video ispred supermarketa u našem komšiluku.

Ono što me je privlačilo kod nje nije bio samo njen izgled. Koliko god da je lepo izgledala, njen stav je bio jako odbojan i ne bih gubio ni trenutka pažnje na nju da nije bilo nečeg drugog. Koliko god da se držala hladno, izgledala je kao da se jako loži na mene, kao da je svaki put kad bi me videla jedva čekala da joj priđem. Ali kad god bih započeo priču sa njom, pravila bi se da je ni ja ni bilo šta drugo uopšte ne zanima.

I tog dana ispred marketa, po običaju me je proždirala požudnim pogledom, odmeravala me je od glave do pete dok sam joj prilazio. Izgledala je kao napaljena kurvica koja je molila da je izjebem. Ali čim sam stao pored nje, kao i uvek, okrenula je glavu i zauzela ozbiljan stav.

Javio sam joj se, ali mi nije ništa odgovorila. Bila je poslednja u dugačkom redu. Slegnuo sam ramenima i stao iza nje, na propisanom rastojanju. Nikad pre toga mi rastojanje nije toliko prijalo. Da sam stajao bliže, ne bih mogao da je tako lepo vidim. Ali na razdaljini od dva metra mogao sam lepo i natenane da je odmeravam. Imala je šarenu letnju suknju, usku u struku, koja je dolazila do njenih golih kolena. Nosila je obične patike. Njena duga kosa je letela na vetru, dok je jednom rukom pridržavala haljinu da se ne podigne. Sunce je stajalo ispred nas, zraci su se probijali kroz tanku šarenu tkaninu. Lepo sam mogao da vidim obrise njenih butina, i mesto na kome su se spajale.

Kurac mi se digao dok smo čekali. Bio sam siguran da su svi mogli da primete moju napaljenost, ali nije me bilo briga. Po prvi put sam razmišljao da je stvarno bilo vreme da je tucam. Dok sam pravio planove kako da to izvedem, već su nas pustili da uđemo u radnju.

Nikad brže nisam obavio kupovinu. Na brzinu sam potrpao sve u korpu, platio na kasi i izjurio napolje. Stao sam ispred marketa, na suprotnoj strani od one kojom je ona trebala da pođe kući, i čekao je da izađe. Još uvek nisam znao šta planiram sa njom, ali sam znao da moram ponovo da je vidim.

Nisam dugo čekao. Izašla je i odmah krenula putem ka našoj zgradi. Krenuo sam polako za njom. U obe ruke nosila je po jednu veliku kesu. Osetio sam se kao tinejdžer, srce mi je lupalo dok sam je gledao kako zanosno meša kukovima. Nije mi više padalo na pamet da joj prilazim i ponudim pomoć sa stvarima. Samo sam uživao u pogledu i hodao za njom dignutog kurca.

Zastala je kod ulaznih vrata. Malo se trgnula od iznenađenja kad je ugledala moj odraz u staklu na vratima. Okrenula se da vidi ko je i pogledala me. Samo na trenutak, jedan kratki trenutak, stidljivi i zadovoljni osmeh je prošao njenim licem. A onda se okrenula i žurno ušla u zgradu. Stala je pored lifta. Oboje smo na lice navukli maske pre nego što smo ušli. Bezbednost pre svega.

Ponovo smo zauzeli ista mesta, ona pored vrata a ja iza nje. I ponovo nisam pritisnuo dugme svog sprata, a ona i dalje nije pokazivala čuđenje zbog toga. Ali tog dana je bilo drugačije. Prelazio sam rukom preko dignutog kurca u farmerkama dok sam je gledao. Znao sam da moram nešto da uradim. Bilo mi je glupo da je tek tako zaskočim, koliko god da sam bio ubeđen da me želi. Toliko je bila hladna da sam u startu odustao od toga. Ličilo bi mi na silovanje.

Ali nisam mogao da je tek tako pustim. Kurac me je žuljao, želeo je da iskoči napolje. Nisam razmišljao. Do poslednjeg sprata bilo je još dosta vremena, a on me je sve više boleo u zategnutim farmerkama. Uzdahnuo sam, podigao ruku i otkopčao farmerke. Pretpostavio sam da to neće čuti.

Ali, u tišini lifta, to povlačenje šlica je glasno odjeknulo između nas. I ona je čula. Lepo sam mogao da vidim kako se trgnula čitavim telom. Podigla je ramena i nije se pomerala. Nekoliko trenutaka stajao sam mirno iza nje, držao kurac u ruci i uživao u olakšanju. Gledao sam njeno napeto i ukočeno telo ispred sebe, i shvatio da više nema razloga da se foliram, ako je već bila čula šta se desilo iza njenih leđa. Spustio sam kesu na pod, ispružio ruku pored njene glave, i pritisnuo dugme za zaustavljanje lifta.

Još uvek se nije pomerila ni malo. Obuhvatio sam kurac prstima i počeo da drkam iza nje. Nisam ništa rekao, bio sam tih, ali znao sam da je jasno mogla da čuje zvuke drkanja iza svojih leđa. Ruku kojom sam zaustavio lift sam slobodno naslonio na njeno rame. Držao sam je tu nepomično nekoliko trenutaka, a onda sam polako pomerio dlan na njenu mišku. Lagano sam joj milovao ruku dok sam je spuštao niže do laktova, pa sam je postavio na njen uski struk.

Nije se ni pomerila. Nije reagovala ni kad sam spustio ruku niže i uhvatio je za dupe. Izgledala je kao da je odlučila da se pretvara kao da se ništa ne dešava. Zgrabio sam je za dupe, stegnuo ga, a ona i dalje nije pustila nikakav zvuk. Glasno sam zastenjao u liftu kada sam osetio njeno dupe pod svojim prstima.

Da je bilo šta rekla, prestao bih. Ali ponašala se kao da se ništa ne dešava, pa sam se i ja pravio blesav. Nisam se više suzdržavao. Zadigao sam joj suknju i raširio prste preko njenih pamučnih gaćica. Milovao sam joj guzu, prelazio dlanom s jedne na drugu stranu i povremeno je stegnuo.

Tek tada sam primetio da je i dalje držala kese iz prodavnice. Prestao sam da drkam i približio joj se. Uzeo sam joj kese iz ruku i pustio ih na pod. Uhvatio sam je za dlan i povukao ga ka sebi. Osetio sam kako je zadrhtala kad je osetila kurac pod prstima. Odlučno sam joj držao ruku, da ga ne bi pustila. Stavio sam dlan preko njenog i ohrabrio je da počne da mi drka.

Kad sam sklonio ruku, njen dlan je nastavio da prelazi preko mog kurca. Obe slobodne ruke sam zavukao ispod njenih, i uhvatio je za grudi. Imala je čvrste sise kao tinejdžerka. Glasno sam uzdahnuo kad sam ih osetio. Stenjao sam ispod maske iza njenih leđa, i besramno gnječio te velike tvrde sise. Tvrde bradavice su mi grebale dlanove kroz tanku tkaninu.

Čvrsto ga je stegnula prstima i drkala mi sve brže. Činilo se da joj je prijalo da oseti veliki tvrdi kurac u ruci. Još uvek je nosila rukavice koje je navukla u prodavnici. Lateks koji je klizio preko mog kurca me je još više uzbuđivao.

Pustio sam sisu, prešao dlanom preko stomaka i uhvatio je između nogu. Tiho je zastenjala. Zavukao sam ruku ispod haljine i prstima potražio pičku. Kad sam osetio njene vlažne gaćice, znao sam da neću moći dugo da izdržim. Ipak je bila napaljena, samo se pretvarala. Stavila je dlan preko mog dlana i čvrsto ga stegnula. Stegnuo sam joj pičku i počeo da svršavam.

Privukao sam je još više i priljubio uz sebe. Oboje smo gledali kako je sperma u mlazovima zalivala vrata lifta. Glasno sam stenjao ispod maske i uživao u toploti njenog tela. Konačno sam bio svršio pored nje. Nije bilo kao što sam zamišljao, ali računao sam da je to bio dobar početak.

Mogao sam i da nastavim, ali ona nije izgledala kao da je bila raspoložena za to. Čim je videla da je i poslednji mlaz izašao iz mene, odmaknula se. Pustila je kurac i sklonila moju ruku sa svoje suknje. Pritisnula je dugme svog sprata a onda odmah skinula rukavice. Okrenula se oko sebe, kao da traži kantu, a onda ih je bacila u ugao lifta. U ruke je ponovo uzela kese i strpljivo sačekala svoj sprat. Nije se ni okrenula ka meni dok je izlazila.

Sutradan sam izašao na terasu u vreme kad sam očekivao da ode u prodavnicu. Pijuckao sam kafu, malo gledao prolaznike, malo u telefon u čekao. Nije prošlo puno vremena kad se pojavila. Žurno je hodala od zgrade ka marketu. Na sebi je imala uske crne somotske farmerke i široku belu košulju. Osmehnuo sam se kad sam to video. Činilo mi se da posle iskustva sa mnom od prethodnog dana nije želela da ponovo nosi haljinu, ili bilo šta što bih mogao da joj zadignem. Nekoliko puta se osvrnula dok je koračala. Bio sam siguran da se pitala da li sam negde u blizini.

Netremice sam gledao kako je brzo vrckala guzom, sve dok nije nestala iz mog vidokruga. Popio sam kafu, polako se spremio i sišao ispod zgrade. Odmaknuo sam se od ulaza da me ne bi videla kad se bude vraćala. Bio sam uzbuđen već od same pomisli na ono što bi moglo da se desi. Još uvek sam osećao miris njene pičke na svojim prstima. Jedva sam čekao da uđem u nju.

A onda sam je ugledao. Ponovo dve kese u rukama, krut hod, nategnuto držanje i visoko dignuta brada. Gledala je pravo napred, ništa nije primećivala oko sebe. Osetio sam kako mi se kurac diže dok sam je gledao kako korača. Bila je potpuno nesvesna da je svakim svojim korakom bila bliža meni i kurcu spremnom za nju.

Sačekao sam da uđe u zgradu i tek onda ušao za njom. Već je bila pored lifta kad me je primetila. Uletela je žurno u lift čim je stigao. Ali bio sam dovoljno brz. Zaustavio sam vrata i ušao za njom.

Nisam ništa rekao, samo sam ponovo stao iza nje i sačekao da lift krene. I ona je ćutala. Nije ničim pokazivala da joj je bilo čudno to što sam tako utrčao za njom. Gledao sam je nekoliko trenutaka, a onda sam ponovo zaustavio lift. Nisam želeo da žurim. Osim što sam odmah izvadio kurac. Povukao sam šlic trudeći se da to bude dovoljno glasno da bi ponovo čula taj zvuk. Da bi odmah znala šta se dešavalo iza njenih leđa. Uzeo sam kurac u ruku i polako dlanom prelazio preko njega čitavom dužinom.

Stavio sam ruke na nju onda kad mi se učinilo da se malo opustila. Dlanom sam polako milovao meki somot njenih farmerki. Prelazio sam prstima po njenoj guzi i povremeno je pomalo stegnuo. Ponovo se nije pomerala. Bila je nepomična kao lutka, ničim nije pokazala da je bila svesna onoga što radim.

Podigao sam ruku uz njeno telo, prešao sam dlanom preko struka i zavukao ga ispod njenog lakta. Izgleda da se bila opustila kad sam joj prstima obuhvatio sisu. Dok sam ih lagano milovao, spustila je kese na pod. Znala je da neću prestati sve dok ne svršim i nije želela da se opterećuje stvarima. Izgledala je kao da se prepustila mojim dodirima. Kao da je strpljivo čekala da završim. Delovala je hladno, ali ipak mi se činilo da je bila jedva dočekala kad sam joj uzeo ruku i stavio je oko mog kurca. Odmah je spremno počela da ga drka.

Pustio sam je neko vreme, a ona je mene pustila da joj otkopčam košulju. Lagano sam joj stezao sise preko belog svilenog brushaltera. Nije se bunila. Pitao sam se da li će se buniti kad budem probao da uđem u nju. Jedan dlan sam spustio preko njenog stomaka, prešao preko bedara i stavio ga između njenih nogu. Lagano sam joj stiskao pičku preko farmerki.

Bilo je vreme da pređemo na drugi nivo. Malo se trgnula kad sam počeo da je okrećem ka zidu. Ali pristala je. Držao sam je rukama za struk i naslonio na zid. Nije puštala kurac iz ruke. Morao sam da je uhvatim za dlan da bih je odvojio od njega. Prišao sam joj bliže i naslonio kurac na njeno dupe.

Tiho je zastenjala kad ga je osetila na sebi. A onda je ponovo zaćutala. Oboje smo brzo disali ispod naših maski dok sam ga trljao o zategnuti somot njenih pantalona. Oslonila se jednim dlanom na zid lifta, a drugom rukom je grčevito stegnula moju ruku koju sam držao na njenom struku. Kao da nije bila sigurna da li želi da je skloni, ili da je pritisne jače uz sebe. Moj kurac je sve brže klizio preko mekog somota. Znao sam da sam mogao odmah da svršim, da izlijem svoje seme na njeno zavodljivo dupe. Ali nisam to želeo da joj uradim.

Na brzinu sam joj otkopčao šlic i počeo da joj svlačim farmerke. Trgnula se zbog toga. Probala je da ih ponovo povuče gore, ali nije joj to pošlo za rukom. Moj kurac je već dodirivao njene tanke pamučne gaćice. Odmah sam i njih svukao dole. Ona se otimala sve više, vrtela je bedrima na sve strane, oslonila se glavom na zid i odgurivala me je sa obe ruke. Pokušao sam da je smirim.

”Neću da ti isprskam farmerke”

Na trenutak je zastala. Pomislio sam da se ponovo opustila i da će me ponovo mirno pustiti da svršim. A onda, kao da je tek tad postala svesna da ću je isprskati spermom po golom telu. Ponovo je počela da se pomera. Kurac mi je bio na njenom toplom golom dupetu kojeg je brzo vrtela. Ni sam ne znam kako, u svom tom otimanju, kurac se nekako našao ispod dupeta, između njenih butina. Kao da nije obraćala pažnju na to, nastavila je da se vrti.

Pokušao sam da ga guram između butina, ali nisam uspevao, toliko se otimala. A nisam ni morao, ona je sve odrađivala umesto mene, iako nije ni bila svesna toga. Oslonio sam ruke na njene kukove i pustio je. Samo sam pazio da se ne otrgne. Njene butine su bile tople i već pomalo vlažne od sokova iz njene pičke. Glavićem sam povremeno dodirnuo njene usmine, bio je potpuno mokar od njenih sokova.

Usporila je kad je čula kako stenjem iza nje. Tek kad je osetila toplu tečnost između butina shvatila je šta je uradila. Svojim otimanjem mi je pomogla da svršim. Oboje smo potpuno prestali da se pomeramo dok je kurac u tišini šikljao spermu na zid, između njenih butina. Čvrsto sam je uhvatio za sise i svršavao u tišini, naslonjen na njena leđa.

Sačekala je da završim i da sklonim ruke sa njenih sisa, a onda se okrenula u stranu i odmaknula od mene. Pritisnula je dugme svog sprata i zbunjeno uzela kese u ruke. Činilo mi se da je ponovo pokušala da mirno izađe u hodnik, kao i prethodnog dana. Kao da je tek tada shvatila da su joj pantalone i gaćice još uvek bile spuštene do pola butina, i da je sperma polako curila ka njenim kolenima. Vrata lifta su se otvorila, a ona je i dalje zbunjeno stajala polugola. Izašla je na hodnik i odmah se ponovo okrenula ka meni. Kao da je oklevala pre nego što je konačno progovorila.

"Jel imaš maramice?"

Nisam imao maramice. Dok me je ona gledala očekujući pomoć, samo sam razmišljao o tome kako se i nisam osećao kao da sam svršio. Kurac mi se nije spuštao i još uvek sam bio spreman. Posmatrao sam njenu golu vlažnu pičku i setio se da je i ona napaljena. Koraknuo sam iz lifta, uhvatio je za ruku i povukao u stranu.

"Imam. Dođi ovamo"

Ne znam da li je poverovala, ali pošla je za mnom. Gledala me je pravo u oči dok sam je vodio do sredine hodnika. Stali smo pored ograde koja je bila nastavak one koja je pratila stepenište. Na tom poslednjem spratu ograda je stajala iznad stepenica. Tek kad sam je uhvatio za struk i okrenuo ka ogradi, shvatila je zašto sam je doveo tu. Ali već je bilo kasno. Pritisnuo sam je uz ogradu i bedrima se pribio uz nju. Kurac mi je ponovo bio između njenih mokrih butina, još ulepljenih od sperme.

Nisam imao nameru da ga zadržim tu. Uzeo sam ga u ruku i potražio ulaz u njenu pičku. Ona se ponovo otimala ali nisam joj dozvolio da me spreči. Znao sam da to i sama hoće. Osetio sam njene tople usmine na svom glaviću, i gurnuo ga u nju. Zastao sam malo. Ona je prestala da se otima kad je osetila glavić u sebi. Imala je usku pičku, preusku za moj glavić, i pustio sam je da se malo opusti. Sačekao sam nekoliko trenutaka, a onda sam počeo da ulazim u nju. Okrenula je glavu ka meni.

"Nemoj... Preveliki je za mene, neće moći da uđe... Ahhhh, ogroman je... Nemoj... Ahhhhhh, koliki je...”
Stenjala je sve glasnije dok sam ulazio.
"Stani... Čuće nas neko... Jebote, ogroman je...”
Bila je toliko uska da sam se pitao da li se ikad ranije jebala. Ali bila je potpuno vlažna, i spremno se širila oko kurca dok sam ulazio. Sve je manje govorila a sve više uzbuđeno dahtala. Kad sam ga nabio do kraja glasno je zastenjala. Uzdah je odjeknuo kroz prazan hodnik. Izvadio sam ga malo i počeo da je jebem.

Nagnula se napred i čvrsto se uhvatila za ivicu ograde. Zgrabio sam joj sise koje su skakutale ispod nje. Glava joj je bila iznad stepeništa dok su joj butine snažno pritiskale ogradu. Sigurno nije ni sanjala da će se ikad jebati u praznom hodniku, ispred svog stana.

Njeni uzdasi su sve više prelazili u uzdah zadovoljstva i olakšanja. Skinula je masku sa lica i zadovoljno stenjala. Udarao sam je bedrima po dupetu, nabijao kurac snažno u nju. Nisam razmišljao da li će ograda izdržati pod nama. Nisam se plašio, samo sam želeo da je izjebem i svršim.

Začuo sam njen glasni krik koji je odjeknuo hodnikom, sigurno se čuo kroz čitavu zgradu. Vrisnula je jednom i počela da svršava. Nabijao sam ga još brže u nju i uživao što osećam kako konačno drhti u mojim rukama. Činilo mi se kao da svršava po prvi put i bio sam srećan što sam uspeo.

Uhvatio sam je za kosu kad je završila. Povukao sam je ka sebi, a onda dole. Čim je kleknula gurnuo sam glavić između njenih usana. Podigao sam joj lice ka sebi i gledao je kako zatvorenih očiju uživa. Čvrsto je zarila nokte u moje dupe i usnama obuhvatila glavić. Brzo sam ga drkao i odmah počeo da svršavam. Punio sam joj usta spermom koju je ona željno gutala.

Kad sam završio nije htela odmah da me pusti. Prstima je obuhvatila kurac, još uvek mokar od njenih sokova. Pomerila je glavu napred u ponovo ga uzela u usta. Uspela je da proguta polovinu pa je nekoliko puta prešla usnama napred i nazad. Pušila ga je i zadovoljno stenjala. Na kraju ga je izvadila, polizala glavić i ustala.

Činilo mi se kao da se tek tad prenula. Otvorila je širom oči i ponovo delovala zbunjeno. Izgledala je kao da će nešto da kaže, a onda se osvrnula oko sebe kao da ne zna šta da radi. Konačno je uzela kesu sa poda, i brzo navukla gaćice i farmerke na sebe. Nije više obraćala pažnju na spermu na svojim butinama. Obrisala je usne, zbunjeno me kratko pogledala i odjurila u svoj stan.

Ostao sam u hodniku još neko vreme i gledao zadovoljno ka njenim vratima. Uživao sam u razmišljanjima o onome šta se desilo.

Sutradan nisam želeo ništa da uradim. Nisam planirao da je čekam ispred zgrade, mislio sam da je pustim da joj se utisci slegnu. Krenuo sam u prodavnicu kao i svaki dan. Na povratku sam je video ispred zgrade. Činilo se kao da je mene čekala. Osmehnula mi se kad me je videla, po prvi put. Na sebi je imala kratku belu košulju i mini suknju. Sačekala je da otvorim vrata i uđem u zgradu, a onda je veselo potrčala za mnom.

Karantinska depresija

Sa svojih dvadesetdve godine, u vreme kad je zbog virusa i studiranje prestalo, jedino što sam pametno mogao da radim bilo je da volontiram. Provodio sam dane u pakovanju i raznošenju paketa, i pomagao penzionerima oko nabavke. Dani su mi tako brže prolazili a i imao sam osećaj nekog smisla. Nisam imao devojku, i znao sam da su male šanse da se to promeni u vremenu virusa.

Svakog podneva sam kolima dolazio kući na ručak. Ponekad bih se vraćao na volontiranje, a nekad ostao kući. Tog dana nisam imao ništa planirano za popodne. Čim sam skrenuo u našu ulicu, primetio sam je kako hoda trotoarom. Nije bilo puno prolaznika na ulici, a i da jeste, nije bilo šanse da je ne primetim. Moja komšinica, visoka i zgodna brineta, polako je koračala ulicom noseći stvari iz prodavnice. Usporio sam gotovo instinktivno. Nosila je široku trenerku i duks, ali je svejedno lako moglo da se primeti koliko je zgodna. Imala je patike sa ravnim đonom, njene duge noge nisu imale potrebu za štiklama. Bila je petnaestak godina starija od mene, ali me je ložila više nego mnoge mlađe.

Na trenutak sam želeo da joj se javim i da joj predložim da je odbacim do kuće, ali sam odustao. Na licu je imala masku, i nisam znao da li bi joj prijalo da sa nekim sedi u kolima. Zbog toga sam dao gas i produžio.

Ali nisam imao nameru da je tek tako ostavim. Parkirao sam auto i čekao. Kad sam je ugledao u retrovizoru, izašao sam. Pretvarao sam se da vadim nešto iz kola, a onda sam podigao glavu i kao tek tad je primetio.

”Ćao komšinice, jel ti treba pomoć?”

Primetio sam da se malo trgnula od tih reči. Činilo se da se još uvek nije navikla da joj ja, za nju klinac, ne persiram. Nije mi padalo na pamet da kažem Vi nekome koga hoću da tucam.

Nisam imao utisak da joj je trebala pomoć, ali mi je svejedno dala jednu kesu u ruku. Pomislio sam da je možda i njoj prijalo da šeta pored mene. Imala je muža, ali ni ja nisam bio za bacanje. Dok smo hodali ka zgradi, veselo je čavrljala sa mnom, i imao sam utisak da je pomalo flertovala. Znao sam da to nije bilo ozbiljno, ali mi se svejedno sviđao njen osmeh.

Njeno ponašanje me je opustilo. Na vratima sam je pustio da uđe pre mene, i onako, kao nehajno, stavio sam joj dlan oko struka dok je ulazila. Nije reagovala, mirno je prošla ispred mene. Čim je ušla unutra skinula je masku sa lica. Na stepenicama je sama krenula prva. Živela je na drugom spratu, a lift nam nije radio. Krenuo sam za njom i zagledao se u njeno dupe. Osetio sam kako mi je kurac rastao od pogleda na njega. Činilo mi se da je namerno zavodljivo mešala više nego što bi trebalo.

Odjednom je okrenula glavu ka meni. Osmehnula se kad je videla kako buljim u njenu guzu. Zbunio sam se i požurio uz stepenište. Posmatrala me je dok smo u tišini hodali jedno pored drugog.

”Jel se ti ložiš malo na mene, a?”

”Pa ono... malo”

Ponovo sam se ohrabrio. Obuhvatio sam je rukom oko struka i malo povukao ka sebi. Ništa nije rekla. Samo se smeškala. Posmatrala me je nekako sumnjičavo i sa simpatijama, kao da me nije baš želela, ali joj moj zagrljaj nije smetao jer je znala da joj ne mogu ništa. Razlika u godinama je bila dovoljno velika. Nije se bunila ni kad sam spustio dlan i stavio ga na njeno dupe.

”Jel imaš devojku komšija?”

Odmahnuo sam glavom. Bilo je valjda očigledno da nemam.

”Kako to?”, čudila se ”Ti si baš dobar frajer”

”Ostao sam sam u pogrešnom trenutku”

Slegnuo sam ramenima i nastavio da polako prelazim dlanom preko njenog dupeta. Stigli smo na njen sprat, a ja i dalje nisam sklanjao ruku sa nje. Gledala me je nekako sa visine, ali dobronamerno i sa razumevanjem. Osetila je koliko sam naložen i pustila me je da uživam.

Na vratima svog stana je zastala. Ponovo me je odmerila. Onako slobodno, od glave do pete. Mogla je lepo da vidi da mi je kurac dignut.

"Jel bi jebao ti mene?"

"Bih"

Odgovorio sam bez oklevanja. Posmatrali smo se još trenutak, a onda se ona okrenula ka svom stanu.

"Ajde da uđemo. Videćemo"

Nisam mogao da verujem da je tek tako pristala. Ložio sam se na nju još kao tinejdžer, a sad je samo trebalo da joj priznam da bih je jebao. Gledao sam je kako otključava vrata, već zamišljao kako ćemo se jebati. Jedva sam čekao da uđem i izvadim kurac. Onda sam začuo njen glas.

"Stigla sam. I komšija je tu"

Bio sam zbunjen. U predsoblju se odjednom pojavio njen muž. Ništa mi nije bilo jasno. Ali bio sam joj zahvalan. Da nije ništa progovorila, sigurno bih je zaskočio odmah u predsoblju, pored otvorenih vrata. Muškarac se osmehnuo kad nas je video.

"E super, na vreme ste stigli, ručak je gotov"

Lepa podela posla. On kuva ručak dok mu žena ide u nabavku. Dala mu je kese u ruku i on je ih odneo u kuhinju. Okrenula se ka meni.

"Ajde da operemo ruke"

Nije bilo ničeg erotskog u toj rečenici, ali meni se od toga skoro zavrtelo u glavi. Ušao sam za njom u kupatilo i odmah zatvorio vrata za sobom. Videla je da sam to uradio, ali nije ništa rekla. Stala je pored lavaboa i pustila vodu iz česme. Nisam čekao da ona opere ruke, odmah sam joj se pridružio. Stao sam iza nje, provukao ruke ispod njenih laktova i stavio dlanove pored njenih.

Prali smo ruke jedno drugom, igrali se sa sapunom i vodom. Četiri dlana su se preplitala u sapunici, stezala jedno drugo pa opet klizila preko bele pene. Smejali smo se dok smo se tako dodirivali. Imao sam osećaj da je taj dodir i nju opustio i napalio kao i mene. Ona mi je oprala dlanove, kao i ja njene, i mislim da nikad ranije nisam imao čistije ruke.

Uzela je peškir i obrisala svoje i moje ruke, zajedno. Ostao sam iza njenih leđa. Kad sam se priljubio uz nju, malo se uozbiljila. Osetila je moj tvrdi kurac na dupetu. Ostavila je peškir i ćutke me posmatrala u ogledalu. Podigao sam dlanove uz njeno telo i oprezno je uhvatio za sise. Stezao sam ih polako dok me je ispitivački gledala.

Tek tad sam shvatio koliko je stvarno imala duge noge. Moja bedra su bila niža nego njena, samo je moj kurac svom dužinom bio oslonjen na njeno dupe.

Još uvek me je posmatrala u ogledalu dok sam je vatao.

”Ti si izgleda baš obdaren?”

Ćutao sam. Pritisnuo sam je malo jače na umivaonik, na kratko se osvrnuo ka vratima a onda je pogledao u oči.

”Oćemo sad? Na brzinu?”

Gurnula me je malo guzom i okrenula se.

”Ajmo”

Bio sam zbunjen. Nisam znao zbog čega me je uopšte dovodila tu.

Uvela me je u dnevnu sobu. Sela je na jedan deo garniture i meni pokazala da sednem na drugi. Izgledala je da više ne želi da ćaska, odmah je prešla na stvar.

”Ti znaš moju ćerku?”

”Znam, naravno”

Jebozovna plavuša, sa odličnim sisama, godinu dana mlađa od mene, naravno da sam je znao. Njena mama je nastavila.

”Imamo problem sa njom. Imala je dečka, izgleda da je bila ozbiljna veza, i on je ostavio pre nego što je sve ovo počelo. Pa je malo, kao da je upala u depresiju. Ne izlazi, a sa drugaricama više ne priča ni preko skajpa. Ne znam šta da radim s njom”

Bio sam zbunjen.

”Pa dobro... Proći će to”

"Mislila sam, pošto ste vas dvoje skoro istih godina, a ti nemaš devojku, možda bi mogao da malo popričaš s njom. Ko zna, možda se svidite jedno drugom"

Nisam mogao da verujem. Provalila je da sam napaljen, pa je mislila da smuvam njenu ćerku. Gledao sam je zbunjeno. Očekivao sam da će ona hteti da bude sa mnom, a ne da mi nabacuje ćerku. Nisam znao šta da kažem. Tišinu je prekinuo njen muž koji je baš tad ušao. Okrenula se ka njemu dok je sedao u fotelju.

"Rekla sam mu"

Muž me je pogledao iznenađeno.

"E? Super. I, šta kažeš?"

Bio sam potpuno nesposoban da bilo šta izgovorim. Nisam mogao da verujem da i on zna za to, da i on očekuje da muvam njegovu ćerku. Mora da je stvarno bio veliki problem. Gledao sam ga nekoliko trenutaka, a onda sam progutao knedlu. Nisam znao da li da mu persiram, bio je verovatno duplo stariji od mene. A opet, bilo je glupo da mu persiram ako sam već sa njegovom ženom na ti. I ako sam imao nameru da je izjebem. Zbog toga sam se kao obratio oboma.

"Pa ne znam... Kako to, mislim... Kako mislite, jel treba da je smuvam, ili samo da je..."

Hteo sam da kažem da je jebem, ali sam shvatio da je bolje da ućutim. Muž je odmah ustao. Nije se mrštio zbog priče, samo je podigao ruke i osmehnuo se.

"Okej, neke stvari je bolje da ne čujem. Idem, ionako već kasnim"

Pozdravio se sa nama i izašao iz stana.

Posmatrao sam komšinicu u tišini. I ona je mene gledala. Znao sam da nije bilo nikakve šanse da smuvam njenu ćerku. Nikad nisam bio previše blizak sa njom, nisam znao ni kako bih joj prišao, a pogotovo su mi šanse bile nikakve ako je ona stvarno bila u depresiji. Njoj je trebao psiholog, ili neka prijateljica, a ne ja.

Ali, znao sam da ne smem da propustim priliku kod njene mame. Ustao sam i kao zamišljeno krenuo ka njoj.

”Pa ne znam...”

Seo sam pored svoje komšinice.

”Možda bih i mogao”

Stavio sam dlan na njeno koleno i polako ga pomerao niz butinu. Ponovo me je gledala sa smeškom, kao bezazlenog klinca kojeg je pustila da se igra. Ruka mi je prelazila preko njenog stomaka. Progovorila je kad sam je uhvatio za sisu.

”Ti bi me baš jebao, a?”

Ćutke sam nastavio da joj stežem sisu, samo sam čekao da kaže da pristaje. Gledala me je netremice, ponašala se uzdržano, ali znao sam da se sve više loži. Progutala je knedlu kad je ponovo osetila dlan kako se spuštao niz njen stomak. Znala je gde će završiti.

”Pa jel ti ne smeta razlika u godinama?”

”Ne”

Odlučno sam to izgovorio. Prsti su mi već bili na ivici njene trenerke. Zastao sam na trenutak, pogledao je u oči, a onda odmah zavukao čitav dlan u gaćice. Zastenjala je na trenutak. Bila je obrijana dole i još važnije, već vlažna. Otvorila je usne i disala kroz njih dok sam joj milovao usmine.

”Jel znaš koliko sam starija?”

”Petnaestak godina”

Pogledala me je nekako čudno. Onda je coknula jezikom i ispružila ruku.

”Pa nisam baš toliko”

Jednom rukom mi je stručno i brzo otkopčala šlic, a onda ga još brže izvadila napolje. Glasno sam zastenjao kad sam osetio njene duge tople prste ka kurcu. Drkali smo jedno drugom u tišini. Gledali smo se u oči. Posmatrao sam njeno pomalo napaljeno lice, poluotvorena usta, video kako joj sisa poskakuje dok mi je drkala. Već sam pomislio da je to sve što je mislila da mi da, kad je ona odjednom ustala.

Stala je ispred mene. Brzo je skinula trenerku, a onda i crne čipkane gaćice u koje sam do malopre zavlačio prste. Uhvatila me je za glavu i povukla ka sebi.

”Hoću da je poljubiš”

Zbunjeno sam se približio njenoj pički. Bila je sveže obrijana, malih zategnutih usmina i oznojana od sokova. Poljubio sam je sa zadovoljstvom. Hteo sam da je ližem malo, ali me je ona uhvatila za kosu i odmaknula od sebe. To joj je valjda bilo dovoljno, izgledalo je skoro kao neki ritual.

Kleknula je ispred mene. Odnekud je izvadila gumicu i već vezala kosu u rep. Uzela je kurac u ruku i nekoliko trenutaka ga zadivljeno posmatrala. Kao da nikad nije videla tako veliki kurac. Prelazila je njime preko obraza, milovala se glavićem, ljubila ga i lizala čitavom dužinom. A onda ga je konačno uzela u usta. Čim je počela da mi puši, znao sam da neću dugo izdržati. Polovinu kurca je uzimala u sebe, gutala ga je brzo. I bez njenog dobrog pušenja sam već bio previše napaljen.

Već sam osetio kako svršavanje počinje, kad sam odjednom začuo zvuk otvaranja ulaznih vrata. Uplašio sam se, nisam smeo ni da zamislim kako će njen muž reagovati kad nas vidi. Uživanje je počelo, ali ne i svršavanje. Nisam mogao da prekinem, ali ni da nastavim. Samo sam slušao korake kako kroz predsoblje idu ka nama. Nekoliko trenutaka lebdeo sam ni tamo ni ovamo, na samoj ivici orgazma, čekajući neminovno.

Na vratima se odjednom pojavila ćerka moje komšinice. Glasno sam odahnuo i opustio se. Istovremeno sam osetio kako produženi orgazam konačno počinje. Glasno sam zastenjao. Komšinica je prestala da se pomera, nabila je kurac u usta i mirno čekala. Činilo mi se da nikad nisam duže svršavao. Uhvatio sam je za glavu obema rukama i izlivao spermu u nju dok sam gledao njenu ćerku.

Tek kad je dugi orgazam prošao, postao sam svestan da baš nije normalno to što nas je zatekla. Meni je bilo drago što je ona ušla, a ne muž moje komšinice, ali njoj sigurno nije bilo drago što nas je tako videla. Stajala je nepomično i potpuno zapanjeno na vratima. Verovatno nije očekivala da vidi svoju kevu na kolenima, sa mojim kurcem u ustima, i to u trenutku kad se svom silinom izlivam u nju.

Komšinica je progutala spermu, pogledala me, a onda ponovo polako počela da mi puši, potpuno nesvesna da nas je njena ćerka gledala.

I ja sam gledao u nju. Na sebi je imala kratki teksas šorc i kratku belu majicu koja je otkrivala pupak. Ispod nje nije imala ništa, zategnute sise su još više podizale tu kratku majicu. Po običaju, odlično je izgledala. Kurac mi se nije spuštao, i bio sam odmah spreman da je izjebem, samo da je htela. Gledala nas je dugo. A onda se trgnula. Pomerila se na vratima i brzo otišla u svoju sobu.

Komšinica se i dalje nabijala glavom na kurac. Usne su joj mirno klizile po njemu. Bila je potpuno nesvesna onoga što se desilo. Poljubila ga je još jednom, pogledala me i ustala. Prelazila je prstima preko svoje mokre pičke i gledala me u oči dok se milovala. Primetila je da gledam u obrise njenih sisa ispod duksa, pa ga je na brzinu skinula i bacila u stranu. Imala je velike sise, ali nije nosila brus. Nisu bile zategnute kao sise njene ćerke, ali izgledale su odlično. Videla je kako gledam u njih. Prišla mi je i opkoračila me. Malo sam se ispružio, podigao kurac ka njoj i ona je sela na njega.

Uhvatio sam je za sise čim je počela da ga prima u sebe. Nabijala se polako, kao da nije smela da ga uzme čitavog. Stenjala je dok je ulazio.

"Uhhh jebote, koliko je veliki"

Još jednom je glasno zastenjala kad se potpuno nabila na njega, kriknula je od zadovoljstva kao da je svršila. Zvuk se prolomio kroz stan. Znao sam da nas je njena ćerka čula. Ali ona nije brinula. Približila mi se i oslonila dlanovima na krevet. Njene sise su bile ispred mog lica. Uživala je nekoliko trenutaka sa čitavim kurcem duboko u sebi, a onda je polako počela da me jebe.

Oslonio sam dlanove na njene butine, i osećao kako me njene velike sise šamaraju po licu. Pomerao sam glavu levo i desno i uživao dok su me te sisetine udarale po obrazima. Videla je da mi to prija pa ih je uzela u ruke i trljala ih o moje lice. To je i nju napalilo, pa je sve brže skakala po meni. Dlanovima sam joj stegnuo butine jako, imao sam osećaj da će me ugušiti sisama.

Kad se konačno odmaknula od mene, duboko sam udahnuo vazduh. Posmatrao sam te velike sise kako jako skaču na sve strane. Uzeo sam ih u ruke i čvrsto stegnuo. Tek tada sam postao svestan da se njena ćerka vratila. Nije uopšte izgledala kao da je u depresiji. Ni malo. Stajala je na vratima i posmatra nas napaljeno. Na sebi je još uvek imala belu majicu, ali je šorc i gaćice skinula.

Posmatrao sam njenu vlažnu pičkicu dok je polako prelazila prstima po njoj. Izgledala je kao da joj prija što nas gleda. Uplašio sam se da je komšinica ne primeti ali ona nije delovala zabrinuto. Raširila je butine i drkala sve brže dok nas je gledala. I njena keva je ubrzala ritam, jebala me je sve snažnije. Naslonila je dlanove na moja ramena i brzo skakala po meni.

Kriknula je i glasno počela da svršava. Nije brinula da li će nas neko čuti. Još uvek je mislila da smo sami u stanu. Iza njenih leđa njena ćerka je poluzatvorenih očiju takođe počela da svršava. Nisam znao na koju stranu pre da gledam. Moj veliki kurac je brzo nestajao u pički moje komšinice koje je oznojena i u ekstazi brzo skakala po meni. Iza njenih leđa njena ćerka je ćutke drhtala pored vrata. Jednom rukom je brzo trljala pičku, dok je drugu zavukla u majicu i gnječila sisu.

Njena keva me je još jednom snažno udarila po bedrima, nabila se potpuno na kurac, a onda se nagnula napred i zagrlila me. Obuhvatio sam rukama njeno veliko oznojeno telo i slušao kako mi šapuće.

”Kako je dobro bilo, kako mi prija tvoja kurčina... Samo da sam ranije znala...”

Pogledao sam iza njenih leđa. I njena ćerka je svršila. Gledala nas je zadovoljno i polako prelazila prstima po vlažnoj pički. Grickala je usnu dok mi se nestašno osmehivala. Još jednom me je zavodljivo odmerila pogledom, a onda je nestala ka svojoj sobi.

Potapšao sam komšinicu dlanom po butini i ona se pridigla. Odmah sam je ponovo gurnuo na krevet i kleknuo iza nje. Uzeo sam kurac u ruku, nekoliko puta udario njime po njenom dupetu a onda joj ga brzo nabio u pičku.

Jebao sam je grubo i snažno. Brzo sam bedrima udarao po njenom dupetu i kurcem je nabijao na krevet. Napalilo me je to što sam video kako obe svršavaju istovremeno. Samo o tome sam razmišljao dok sam je gledao kako je mirno ležala na krevetu. Savila je glavu pored naslona i tiho stenjala zatvorenih očiju. Gnječio sam joj dupe i nekoliko puta dlanom udario po njemu dok sam je guzio. Znao sam da probam da joj jebem ćerku i maštao sam kako ih obe tucam.

Stenjao sam sve brže. Osetila je da sam blizu vrhunca pa se okrenula ka meni.

”Nemoj da ga vadiš”

Gledala me je u oči dok sam počinjao da svršavam.

”Hoću da te osetim u sebi”

Zastenjao sam još jednom glasno. Namerno. Želeo sam da me devojka čuje u sobi, želeo sam da razmišlja o onome što je čeka sa mnom. Još jednom sam se bedrima snažno nabio na komšinicu dok sam izlivao spermu duboko u njoj.

Kad mi je kasnije pratila do vrata gledala mi je potpuno drugačije nego kad smo ulazili u stan. Osmehivala mi se, i čak mi pomilovala dupe dok smo hodali. Zapitao sam koliko li će tek biti zahvalna kad joj ćerku budem izlečio od depresije.

Pogled sa terase

Zabrana izlaska mi je teško padala, pogotovo onda kad je počelo lepo vreme. Nisam bila zaposlena, ali sam bila navikla da izlazim i da se viđam sa drugaricama. Zbog toga u početku nisam znala šta da radim sa sobom. Po čitav dan sam se muvala po kući i stalno sređivala nešto. Usisavala sam sobe, brisala prašinu, prala sudove, pa onda opet iz početka... Kad je došlo lepo vreme dobila sam i novu teritoriju, prešla sam na sređivanje terase.

Moj muž je radio od kuće pa je i to bio dovoljan razlog da se unervozim. Nisam navikla da ga stalno viđam pored sebe. Nije mi smetalo i nisam ga manje volela, samo mi je bilo čudno što je stalno tu. Nekako je sve postalo jednolično i obično. Verovatno nam se zbog toga i seks proredio. Zapravo ga nije ni bilo.

Tog dana sam obukla široku trenerku, uzela usisivač i izašla na terasu. Imala sam nameru da usisam tepison, promenim zemlju u saksijama i spremim ih za cveće. Planirala sam da od terase napravim moju prolećnu oazu, mesto gde ću moći da se sunčam i čitam knjige.

Dok sam to radila, saginjala sam se ispod stola, spuštala na kolena i usisavala sve što sam mogla da nađem na terasi. Radila sam brzo i ubrzo sam se zadihala i oznojala pod prolećnim suncem.

Tek onda sam ga primetila. Nisam okretala glavu ka njemu, ali sam krajičkom oka videla da neko stoji na susednoj terasi.

Živeli smo na pretposlednjem spratu, i jedino mesto sa koga je mogla da se vidi naša terasa je bila jedna terasa, ukoso i iznad nas. Na njoj nikad ranije nisam primetila nikoga. Ali tog dana tamo je stajao neki mladić koji je pušio cigaretu i posmatrao me dok sam radila.

Bacila sam nekoliko brzih pogleda ka njemu. Učinio mi se zgodan. I napaljen. Pustila sam da me gleda nekoliko minuta. Čak sam se namerno guzila i zauzimala poze za koje sam ja mislila da su seksi. Bilo je dosadno tih nedelja, pa mi se to činilo kao bezazlena neočekivana zabava.

Kad sam završila, uzela sam usisivač i odnela ga unutra. U sobi sam uzela rukavice i ponovo krenula ka terasi. Već sam skoro koraknula napolje kad sam zastala. Ne znam šta je tad ušlo u mene ali brzo sam otišla u svoju sobu. Skinula sam trenerku i gaćice, a onda sam preko golih bedara obukla bele helanke. Još brže, da me muž ne bi video, ponovo sam stigla do vrata terase.

Stavila sam tamne naočare i duboko udahnula vazduh. Znala sam kako izgledam u tim helankama i mogla sam da pretpostavim reakciju komšije. Ali nestašno sam se nasmešila i koraknula napolje.

Pretvarala sam se da sređujem saksije. Izbacivala sam zemlju iz njih, čistila ih i stavljala novu. I naravno, ponovo sam se guzila i tresla sisama dok sam to radila. Ali tog puta mogla sam povremeno da ispod tamnih naočara pogledam i komšiju.

Bila sam u pravu. Stvarno je tamo stajao zbog mene. Nije skidao pogled sa moje terase. Nisam mogla da vidim puno ali delovao je lepo i zgodno. Bio je kratko podšišan, nosio je belu majicu i imao zategnuti torzo ispod nje.

Ali više nije pušio, samo je stajao pored ograde. Očigledno sam ja bila jedini razlog zbog koga je bio na terasi. Gledao je netremice u mene verujući da ga ne primećujem.

Sve mi je delovalo bezazleno. Šetala sam po terasi i ložila ga. A to je i mene napaljivalo. Muž mi je već danima sedeo u svojoj sobi i radio. Prijalo mi je što me je neko ponovo primećivao.

Već sam bila skoro završila posao kad sam primetila promenu na njegovoj terasi. Njegove ruke više nisu stajale oslonjene na ogradu. Jedna je bila spuštena ispod. Lepo sam mogla da vidim kako se brzo pomerala iza ograde.

Osmehnula sam se kad sam to primetila. Odlučila sam da zbog toga ostanem još malo napolju. Okrenula sam se ka njemu i uzela saksiju sa ograde. Nagnula sam se napred i pokazala mu deholte. Pretvarala sam se da žustro brišem nešto jako prljavo sa saksije. Toliko sam brzo brisala da su mi sise skakutale na sve strane, skoro da su ispale iz majce.

Svo vreme sam ga posmatrala. Otvorenih usta, bez treptanja zurio je u mene. Njegova ruka se sve brže pomerala. Želela sam da vidim njegov kurac, ali bio je sakriven iza ograde. Zbog toga sam maštala, zamišljala kako u ruci drži veliku žilavu kurčinu, i kako će iz te zategnute batine uskoro poleteti sperma koja će preleteti sve te metre koje su nas delili, i potpuno me isprskati na mojoj terasi. Ruka mi se pomerala sve brže po saksiji, zamišljala sam kako mu brzo drkam kurac.

Osetila sam kako mi se pička ovlažila od tih misli. Gledala sam ga dok je drkao i bilo mi je sve teže da mirno stojim na nogama. Nisam odlazila sa terase. Želela sam da vidim njegovo lice dok je svršavao zbog mene. Ubrzo je zatvorio oči. Učinilo mi se da sam ga čula da je glasno zastenjao. Ruka mu se brzo pomerala dok je prskao svoju terasu. I ja sam pomerala dlan i maštala kako sam mu ja izdrkala, u mislima su me kapljice sperme prskale.

Odmah sam izjurila sa terase, nisam sačekala ni da ga vrati u pantalone. Znala sam da nisam mogla da računam na muža. Brzo sam ušla u sobu i legla na krevet. Zavukla sam prste u gaćice i zatvorenih očiju ubrzo svršila.

Sutradan mi je velika terasa bila potpuno sređena. Baštenski sto i stolice bili su oprani, zeleni tepison čist, a saksije spremne za seme cveća. Na kraju sam iznela i ležaljku. Nisam je iznosila samo zbog komšije. Svejedno sam imala nameru da uživam u leškarenju na suncu. Komšija je samo bio dodatni bonus.

Namerno sam postavila ležaljku okrenutu u njegovom pravcu. Nisam imala nameru da sebi uskratim uživanje. Vratila sam se u stan, napravila limunadu, ponela knjigu i stavila je na stočić pored ležaljke. Na kraju sam ušla u sobu, skinula sve sa sebe i obukla crveni bikini. Dobro sam se odmerila u ogledalu, i zamišljeno prešla dlanom preko pičke. Uzdrhtala sam od uzbuđenja kad sam pomislila na novi tajni susret sa nepoznatim komšijom.

Na terasi sam ponovo stavila naočare za sunce, uzela knjigu i glumeći smirenost legla na ležaljku. A zapravo sam drhtala od iščekivanja. Otvorila sam knjigu i pogledala malo iznad nje, tamo gde je bila njegova terasa. Još uvek se nije pojavio. Tek tada sam postala svesna da nisam ni bila znala da li će uopšte doći. Nisam znala ni da li on živi tamo. Nikad ranije ga nisam videla. Ali malo mi je i laknulo što sam videla da mu je terasa bila prazna. Imala sam vremena da se opustim.

Ubrzo sam se udubila se u čitanje, skoro da sam bila i zaboravila na njega. Toplota sunca me je opustila, i razmišljala sam samo o onome što sam čitala. A onda, dok sam okretala stranicu, videla sam ga iznad korica knjige. Stajao je na istom mestu kao i prethodnog dana. Ali na sebi više nije imao majcu. Brada mi se spustila dok sam gledala njegove bicepse i mišićavi torzo. Mogla sam da zamislim da je i ispod pojasa bio potpuno go. Bio je na poslednjem spratu, niko nije mogao da ga vidi, pa je to verovatno i bila istina. Gledao me je kao i prethodnog dana, činilo mi se da mi se tad i osmehivao.

Više nisam gledala u knjigu ispred sebe. Ležala sam savijenih kolena, malo sam ih raširila pred njim i pokazala mu unutrašnjost bedara. Naslonio se na ogradu i povio unapred, kao da je želeo da mi bude što bliže. Mogla sam sasvim lepo da ga vidim. Bio je mladić mojih godina, i tad sam bila veoma raspoložena da mu odmah dam sve, samo da nisam bila u braku. Moj muž je bio stariji od mene, i jako ljubomoran.

Komšija me je neko vreme mirno posmatrao dok sam listala knjigu pretvarajući se da čitam. Onda je kao i prethodnog dana ponovo sklonio ruku sa ograde i spustio je niže. Ugrizla sam usnu dok sam je gledala kako se pomera. Nije skidao pogled sa mene dok ga je polako drkao. Nije ni pokušavao da sakrije šta radi. Mogao je da pretpostavi da sam ga gledala iza naočara, ali nije se sputavao. Njegov napaljeni izraz lica je otkrivao šta radi njegova ruka. Grickala sam usnu od uzbuđenja. Pitala sam se koliko dugo ću moći da izdržim.

A onda sam prelomila. Zbog čega bi samo on uživao? Raširila sam kolena još više i polako prešla dlanom preko stomaka. Pomilovala sam pičku i zavukla ruku u gaćice. Mogla sam da se zakunem da sam čula svog voajera kako je glasno uzdahnuo. Počela sam da drkam, zajedno sa njim.

Činilo mi se da pomeramo ruke u istom ritmu dok smo se gledali. Odlučila sam da je bilo vreme da mu pokažem da ga vidim. Skinula sam naočare i bacila ih u stranu. Pogledala sam ponovo ka njemu. Po prvi put smo se pogledali pravo u oči. Na trenutak je zastao. Nadala sam se da ga nisam iznenadila i da se neće uplašiti. Odmah zatim je nastavio. Više nije bilo povratka nazad. Oboje smo bili na sigurnom putu ka orgazmu.

Povukla sam bikini sa grudi i uhvatila sisu. Stiskala sam je dok sam drkala sa njim. Oboje smo mogli da se opustimo po prvi put. Više nije bilo foliranja i pretvaranja da ga ne vidim, više nisam glumila ravnodušnost. Otvorenih usta sam glasno stenjala i drkala.

Osetila sam kako je velika senka prekrila moje telo. Okrenula sam se i videla svog muža. Stajao je na vratima, sa kurcem u ruci. Bio je obučen samo u košulju, pantalone je verovatno bio bacio u sobu. I on je drkao dok me je gledao, kao i komšija. Htela sam da ga pitam koliko dugo stoji tu, ali videla sam da mu je kurac tvrd i znala sam da je gledao dovoljno dugo.

Ne pamtim kad sam poslednji put bila videla da mu je kurac bio toliko tvrd. Verovatno je mislio kako sam se sama uzbudila na terasi, zbog knjige možda, pa se uzbudio dok me je gledao tako napaljenu. Uzdahnula sam od zadovoljstva i pozvala ga rukom da mi priđe. Dvojica kurčeva su bila dignuta zbog mene, to je bilo dovoljno da uživam.

Čim je stao pored mene uzela sam ga u usta. Znao sam da nije video voajera. Da jeste, verovatno bi već napravio scenu. Ovako me je spokojno uhvatio za glavu dok sam mu pušila. Raširila sam noge koliko god sam mogla, zbog komšije, i nabijala drugi kurac što sam dublje mogla u usta.

Moj muž je ubrzo bio blizu vrhunca. Odavno me nije jebao i malo mu je trebalo da svrši. Izvadila sam kurac iz usta. Znala sam da voli kad mu progutam spermu, ali želela sam da komšiji pružim užitak. Podigla sam pogled ka mužu.

”Isprskaj me”

Stavila sam usne pored glavića i brzo mu drkala. Kurac je počeo da mi podrhtava u dlanu. Sekund kasnije mlazevi sperme poleteli su ka mojim sisama. Zastenjala sam dok sam gledala to. Bio je pun semena, sise su mi bile oblivene njegovom spermom. Samo na trenutak smela sam da pogledam ka komšiji. Drkao je brzo otvorenih usta, činilo mi se da je i on svršavao.

Nagnula sam se ka mužu i uzela kurac u usta. Skupila sam noge i vlažnim prstima brzo trljala klitoris. Rukom sam ga uhvatila za dupe i povukla još više ka sebi. Zamišljala sam kako primam komšijin kurac u usta i gutam njegovu spermu. Tresla sam se od zadovoljstva, zgrčena u ekstazi pored muža.

On je sačekao da svršim, pa se odmaknuo od mene i vratio u stan. Znala sam da je ponovo otišao da radi. Pogledala sam ka terasi komšije. Stajao je mirno tamo i posmatrao me. Izgledao je kao da me je čekao. Nije želeo da ode bez pozdrava. Podigao je jednu ruku sa ograde, kratko mi mahnuo tek da mi da do znanja da smo se razumeli, a onda je ušao unutra.

Ponovo sam se ispružila u ležaljci. Zadovoljno sam se proteglila. Ležala sam gola. Gaćice su mi još uvek bile spuštene ispod pičke, a gornji deo svučen sa sisa. Zamišljeno sam razmazivala spermu po sisama i uživala. Bila sam zadovoljna što su dvojica muškaraca izdrkala zbog mene. Imala sam utisak kao da su me obojica izjebali. Ostala sam na suncu sve dok se sperma na meni nije osušila, a onda sam ponovo pokrila sise, navukla gaćice i otišla na tuširanje.

Te noći nisam mogla da zaspim. Ležala sam pored muža i razmišljala. Znala sam da narednog dana neću moći da uživam sa komšijom na terasi. Muž me je tog dana umalo zatekao na delu, i nisam smela da rizikujem da me narednog dana ponovo vidi kako tamo drkam. Znala sam da će postati sumnjičav. Koliko god meni to delovala kao bezazlena igra, on bi od toga napravio problem.

A nisam želela ni da posle ovakvog dana samo ležim i sunčam se. Komšija bi pomislio da sam se naljutila, ili odustala. Nisam želela da on zbog toga odustane od naše igre. Vrtela sam se po krevetu sve dok mi se nije učinilo da sam pronašla prihvatljivo rešenje.

Sutradan sam sačekala da muž ode u svoju sobu, na posao. Na velikom hameru sam napisala svoju skajp adresu i sa njim izašla na terasu. Raširila sam ga u pravcu komšijine terase, a onda sela i čekala. Želela sam da budem sigurna da je video adresu, a morala sam da budem u blizini, da sklonim hamer ako se muž pojavi.

Srećom, komšija je brzo stigao. Očigledno je bio nestrpljiv da me vidi. Svidelo mi se to. Zbunjeno je čkiljio ka hameru, a onda je uzeo telefon i verovatno slikao adresu. Kad sam videla da mi je klimnuo glavom, sklonila sam papir.

Nekoliko minuta kasnije, začula sam zvuk skajp poziva. Ali nisam bila spremna. Zbog toga sam prekinula poziv i na brzinu mu otkucala ”ne još”. Nisam još ni znala šta hoću i kako hoću. Terasa mi je bila previše rizična, a bilo mi je glupo da se vidimo iz moje sobe. Izgledalo mi je kao da bih ga time primila u sobu, a to mi je delovalo kao prava bračna prevara. Dok sam se pitala šta da radim, na telefon mi je od njega stigao link. Ličilo je ne nešto sa njegovog gmail diska. Bez razmišljanja sam kliknula.

Bio je to film. Kad sam videla šta je, u neverici sam prekrila usne i nasmejala se. Krišim me je snimao dok sam na terasi pušila mužu i njemu pokazivala pičku. Po prvi put sam mogla da ga jasno čujem kako je stenjao dok nas je gledao. Videla sam kako vadim kurac iz usta i posmatram muža, dok čekam da svrši. Onda sam lepo videla kako mi mlazovi njegove sperme prskaju sise.

Trenutak kasnije na snimku, komšija je spustio mobilni. Snimao je svoj kurac dok je drkao. Od iznenađenja sam skoro kriknula. Morala sam da pauziram video. Brzo sam ušla u kupatilo, sela na kadu i ponovo pustila snimak. Imao je veliki obrezani kurac. Dok ga je drkao, glavić mu je skoro udarao o ogradu. Snimao ga je iz blizine, mogla sam da vidim sitne venice kojima je bio prošaran.

Gledala sam snimak otvorenih usta. Ruka mi se sama spustila ka pički, stegnula sam je dok sam gledala. Komšija je drkao kratko i ubrzo počeo da svršava. Slušala sam njegovo dahtanje i videla kako je spermom prskao zid svoje terase. Sperma je šikljala u mlazevima, činilo mi se kao da iz njega izlazi bela voda bez kraja, udarala je snažno u zid i slivala se dole.

Kad je završio, ponovo je podigao kameru, baš u trenutku kad sam ja svršavala sa muževim kurcem u ustima. Toliko sam se napalila u kupatilu, da sam morala ponovo da pogledam snimak.

Na kraju sam odustala od velikog sređivanja i odabiranja mesta gde ćemo se videti. Odmah sam ga nazvala. Skinula sam trenerku sa sebe i u gaćicama sela na ivicu kade. Otkopčala sam košulju i otkrila svoj šareni brus. Javio se odmah. Počeo je nešto da priča, ali stavila sam prst preko usana i pokazala mu da ćuti. Nisam želela da čujem njegovo ime, nije me zanimalo baš ništa što bi mogao da mi kaže. Nisam htela da rizikujem da kaže nešto što bi mi pokvarilo osećaj. Želela sam da za mene ostane misteriozni napaljeni komšija sa velikim kurcem.

Po prvi put sam mogla izbliza da vidim njegovo lepo, muževno lice. Bio je neobrijan od juče, imao je čvrstu bradu, topli pogled i velike guste obrve. Odmah sam zavukla ruku u gaćice, nisam oklevala. I pokazala sam mu to. I on je spustio kameru niže. Uzeo je kurac u ruku i počeo da drka. Tek tad sam primetila da je stajao na terasi. Sigurno je čekao da me vidi tamo. Ponovo je podigao kameru ka svom licu.

”Ajd izađi malo na terasu”

Ćutala sam i polako prelazila prstima preko vlažnih usmina. On je nastavio da priča.

”Ajde da te vidim i uživo”

Prijalo mi je što me nije nije poslušao i što nije mogao da ućuti, prijalo mi je da čujem njegov dubok napaljeni glas. Slušala sam ga kako stenje.

"Dođi da te isprskam. Dobaciću do tebe koliko me ložiš..."

Zatvorila sam oči i uživala. Zamislila sam tu scenu na terasi. Kako ponovo oboje drkamo, kako sperma leti sa njegove terase i prska po mom oznojanom telu.

Onda sam začula muževljev glas. Trgnula sam se od toga i odmah prekinula vezu. Izašao je na terasu i čudio se što nisam tamo. Viknula sam ka vratima kupatila.

"Evo me, presvlačim se"

Uzela sam trenerku u ruku, a onda sam se predomislila. Ostavila sam je i obukla šarene helanke. Skinula sam košulju sa sebe, i samo u brusu izašla napolje. On je već sedeo na stolici. Mislila sam da ponovo hoće da mu popušim, ali samo je pravio pauzu od posla.

Sela sam pored njega. Imala sam sunčane naočare na licu i odmah sam pogledala iznad njegove glave. Komšija je bio na svom mestu, drkao je pored ograde gledajući nas. Bila sam napaljena ali ništa nisam mogla da radim. Gledala sam ga kako drka i pokušavala da smireno razgovaram sa mužem. Koliko god da sam se trudila da mi glas ne podrhtava od uzbuđenja, u meni je sve ključalo. Sama pomisao da desetak metara od nas stoji tip koji me napaljeno gleda i drka svoju kurčinu, me je izluđivala. Želela sam da svrši što pre.

Ustala sam i stala pored ograde. Pretvarala sam se da sređujem nešto oko saksija. Savila sam se u struku i naguzila ka komšiji. Nadala sam se da će ga to dovoljno naložiti. Istovremeno sam pričala sam mužem, i trudila se da ne primeti koliko mi klecaju kolena.

Uspravila sam se onda kad više nisam mogla normalno da stojim. Već sam pomislila da mu na brzinu otkucam poruku da požuri, a onda sam pogledala ka terasi. Stajao je mirno i smeškao se. Onda mi je mahnuo i ušao u svoj stan. Odahnula sam. Rekla sam mužu da moram u kupatilo i brzo odjurila tamo.

Tek što sam bila skinula helanke, stigao mi je novi video. Ponovo je snimao mene, videla sam kako sam napaljeno sedela sa mužem i nervozno prekrštala noge. Ali tad je više snimao sebe, znao je šta me zanima. Pokazivao mi je kako drka svoju veliku motku između nogu, i kako ponovo zaliva zid spermom. Utišala sam zvuk i drkala uz taj snimak. Svršila sam maštajući kako me ta sperma udara po licu dok me on miluje glavićem.

Posle toga više nisam izlazila na terasu. Spremila sam nam ručak, nakon toga malo čitala, čula se sa drugaricama, pa onda gledala televiziju. Predveče su počele da mi stižu poruke. Čim sam čula zvuk skajpa znala sam od koga su. Stizale su jedna za drugom. Kad je video da ne odgovaram, slao je sledeću. Ajde da se vidimo? Ajd dođi do mene... Siđi ispod zgrade, da pričamo... Jel možemo da se upoznamo? Hoću da te jebem... Bar ga uzmi u ruku... Voleo bih da ti poližem pičku...

Nije me ohladilo to što je bio toliko napaljen, samo me je dodatno naložilo. Postala sam sigurna da me je primetio i ranije, zbog toga je bio toliko zagrejan. Ali nije bilo nikakve šanse da se vidim sa njim, a pogotovo ne da mu dozvolim da me tuca. I pogotovo ne u vreme epidemije. Bila sam u braku i sve što sam mogla da mu dam bilo je na terasi. I na skajpu.

A onda mi je na pamet pala nova ideja. Otkucala sam mu poruku – Strpi se do večeras.

Pre večere sam se uvijala i mazila oko muža, pretvarala da mi strašno nedostaje druženje sa njim. Kao, treba da odvojimo neko vreme za nas, umesto što sedimo svako ispred svog kompjutera. Da budemo zajedno kao nekad, gledamo zajedno neki film, da se opustimo i te fore. Spremila sam nam večeru, seli smo zajedno za sto, a onda smo prešli u dnevnu sobu. On je otvorio flašu crvenog vina, a ja otišla da se presvučem. Obukla sam bele čarape, haltere i belu svilenu košulju. Stavila sam i svoje omiljene minđuše. Onda sam uzela telefon i krišom nazvala komšiju. Objasnila sam mu da može da gleda, ali da mora da isključi svoj mikrofon. Klimnuo je glavom i podigao palac, a onda se utišao.

Ušla sam u dnevnu sobu sa telefonom u ruci. Muž je već sedeo na kauču i gledao film. Skrenuo je pogled na mene i dobro me odmerio. Ne baš onako napaljeno kako sam očekivala, ali izgledao je kao da mu prija što me je video lepo sređenu. Sela sam pored njega i poljubila ga u obraz. Telefon sam držala u ruci, a ruku između butina. Znala sam da je iza crnog ekrana moj komšija, i znala da je ispod suknje mogao da vidi moju pičku. Bilo mi je samo žao što ja nisam mogla da vidim šta radi.

Neko vreme sam zamišljeno posmatrala sobu, pitajući se gde bih mogla da ostavim telefon, a onda sam ustala i polako prošetala do police za knjige. Pretvarala sam se da tražim neki naslov, a onda sam ostavila telefon na polici, sa kamerom okrenutom ka kauču. Pre nego što sam se ponovo okrenula ka mužu, stala sam ispred telefona i položila ruku preko pičke. Dok sam kao gledala po knjigama, srednji prst sam stavila između usmina, pritisnula suknu i prešla njime nekoliko puta između njih. Nadala sam se da komšija uživa.

Čim sam sela pored muža, stavila sam dlan nehajno preko njegove butine. Raširila sam kolena prema kameri mobilnog telefona. Počela sam da se ozbiljno uzbuđujem maštajući o komšiji koji drka dok posmatra šta radim pored muža. Zamišljala sam kako sedi u svojoj sobi, a kao da je sedeo pored nas. Maštala sam o tvrdoj kurčini u njegovoj ruci, slušala njegovo dahtanje i uživala u njegovoj muci što nije mogao da me jebe.

Jedva sam sakrivala uzbuđenje. Dlanom sam polako prelazila preko sisa, samo za komšiju. Polako sam otkopčala dugme, i otkrila mu jednu, pa drugu sisu. Stezala sam ih naizmenično dok sam napaljeno gledala u kameru. Znala sam da muž ne primećuje ništa. To me je samo dodatno ložilo. Nije ni slutio da dok sedim pored njega pokazujem gole sise drugom muškarcu, koji je u tom trenutku drkao dok me je gledao.

Drugu ruku sam pomerila ka mestu između nogu svog muža. Tek kad sam ga uhvatila za kurac setio se da sam pored njega. I dalje je gledao ka televizoru, ali disao je malo brže i znala sam da mu misli više nisu na filmu. Malo sam mu trljala kurac preko pantalona, a onda sam mu polako otkopčala šlic.

Još uvek je bio mlitav u mojoj ruci dok sam mu drkala. Savila sam se ka njemu, oprezno mu oblizala glavić, a onda ga stavila u usta. Podigla sam oba stopala na krevet i legla bočno čim sam počela da mu pušim. Samo za komšijine oči. Zadigla sam suknju, podigla koleno i otkrila pičku pred njegovim očima. Muž i dalje nije ništa sumnjao. Oslonio je ruku na moju sisu i blago je stezao. Osećala sam kako mu kurac brzo raste u mojim ustima.

Sela sam na njega onda kad sam osetila da je spreman. Okrenula sam mu leđa, uzela kurac u ruku i nabila ga u sebe. Ruke sam oslonila na njegove butine i počela da ga jašem. Na televiziji je bio neki film, ali gledala sam samo u mobilni telefon i maštala o kurčini svog komšije.

”Ahhhh, jebi me... Nabij ga duboko”

Pričala sam zbog komšije, ali mužu je očigledno prijalo što čuje moj napaljeni glas. Nikad ranije nisam govorila dok me je jebao.

”Volim tvoj tvrdi kurac, kad je tako jako dignut zbog mene...”

Muž me je čvrsto držao oko struka i dahtao napaljeno iza mojih leđa. Jahala sam ga brzo, ali njemu to nije bilo dovoljno. Podigao me je a onda odmah spustio na pod.

Odavno ga nisam videla tako napaljenog. Naguzila sam se čim me je spustio na tepih. Ponovo ga je nabio u mene i odmah počeo da me silovito guzi. Spustila sam glavu i oslonila obraz na tepih. Glasno sam stenjala i svršavala. Na trenutak sam zaboravila na komšiju i na sve, samo sam se tresla i uživala u kurcu koji me je jebao.

Ponovo sam se oslonila na dlanove i pridigla kad je orgazam prošao. Pogledala sam ka kameri i pitala se kako mu sve to izgleda. Tresla sam se sve snažnije pod udarcima bedara svog muža. Okrenula sam se ka njemu i pogledala ga. Znala sam da je blizu. Oslonila sam dlan na njegov stomak.

”Nemoj unutra, izvadi ga”

Gledala sam ga u oči dok me je jebao. Stenjao je sve glasnije, a onda ga je povukao napolje. Čim sam to videla okrenula sam se i uzela ga u ruku. Kleknula sam ispred njega i brzo ga drkala. Sperma je odmah počela da me prska. Pustila sam da mi mlaz zalije lice, a ostatak sam izdrkala preko sisa. Muž je stenjao glasno dok je svršavao. Držao je obe ruke na mojoj glavi i gledao šta radim.

Uzela sam kurac u usta još jednom, polizala ga, a onda sam polako ustala. Sela sam onako gola pored njega na krevet. Stavio je ruku na moje koleno i pogledao me zadovoljno. Onda je sklonio ruku, uzeo daljinski i ponovo se okrenuo ka televizoru. Ubrzo smo ponovo izgledali kao dosadni bračni par ispred televizora. Kao da se malo pre toga nismo izjebali. Osim što sam ja i dalje sedela raširene košulje i otkrivenih sisa prekrivenih spermom. Osećala sam kako su mi usne i brada lepljive od njegovog semena. Sedela sam tako i nadala se da je to erotska scena za komšiju.

A onda me je uhvatila griža savesti. Odjednom sam se osetila kao kurvica. Jebala sam se sa mužem pred komšijom, i još sam onako sa spermom sedela ispred njega. Šta će on da pomisli o meni?

Brzo sam ustala, uzela mobilni u ruku i izjurila ka kupatilu. U hodu sam prekinula vezu bez reči. Odakle mi uopšte ideja da se tako ponašam. Čim sam ispred ogledala počela da skidam spermu sa svog lica, stigla je prva poruka. Čudio se što sam prekinula poziv, napisao kako je bio dobar i ćutao, molio me da ga ponovo pozovem, rekao kako je uživao... Bilo je sigurno desetak poruka koje sam ignorisala. Popustila sam kad sam pročitala da mu je bilo super, i da je svršio dva puta.

Nasmejala sam se zadovoljno kad sam to videla. Shvatila sam da sam ipak istripovala. Dok sam se smeškala ponovo čitajući poruku, poslao mi je sliku. Na njoj su bile dve šot čašice, skoro potpuno ispunjene belim gustim sokom. Nekoliko trenutaka sam zurila u sliku, kao da nisam htela da verujem šta je u njima. Gledala sam i osećala kako se ponovo ložim na njega. Želela sam da pronađem način da dođem do tih čašica, bila sam žedna da probam njegovo piće. Shvatila sam

da je lud, ili napaljen, ili ludo napaljen. U svakom slučaju, zaslužio je
nastavak.

Pozvala sam ga i krenula ka vratima. Zastala sam kad se javio.

"Okej, nova runda"

Kad sam videla da je isključio kameru, ponovo sam ušla u sobu.

Moj muž je sedeo na istom mestu. Uredno zakopčan i zagledan u
film. Ostavila sam telefon na isto mesto ispred knjiga, a onda se ponovo
okrenula ka njemu. Stala sam između njega i televizora. Ponovila sam
ono što sam ranije tajno pokazala komšiji. Stavila sam srednji prst preko
pičke, gurnula suknju između usmina i milovala se. Gledala sam ga u
oči dok je on zurio u moju pičku koja se ocrtavala na suknji. Polako sam
hodala ka njemu, a onda sam kleknula i raširila mu kolena.

Kurac mu je bio spušten. Znala sam da će trebati dosta rada da bi
se opet podigao. Naguzila sam se ka mobilnom telefonu i nadala se
da komšija ima strpljenja. Zadigla sam suknju i podigla dupe što sam
mogla više. Muž je oslonio dlan na moju glavu. Podigla sam pogled ka
njemu. I dalje je gledao film. Mora da je bio jako zanimljiv. Coktala sam
i stenjala, ljubila mu glavić i uzimala ga čitavog u usta, ali ništa se nije
dešavalo.

A onda sam se setila šta ga stvarno loži.

"Oćeš da zovem drugaricu?"

Spustio je pogled ka meni. Znala sam da ga je oduvek palila ideja
da pričam sa drugaricom telefonom dok me jebe. To je stalno tražio od
mene, onda kad smo pričali o maštanjima. Al uvek mi je bilo nekako
bezveze da to uradim.

"Jel si sigurna? Jel stvarno hoćeš?"

Oči su mu se već caklile. Jedva je dočekao. Osetila sam kako mu
kurac polako raste u mojim prstima. Klimnula sam glavom.

"Čekaj, sad ću odmah"

Ustala sam i još uvek zadignute suknje krenula ka telefonu. Držala
sam ga u ruci i pretvarala se da tražim kontakt, a zapravo sam ispred

komšijinog pogleda milovala svoje vlažne usmine. Okrenula sam profil ka mužu.

”Koju hoćeš da pozovem?”

”Svejedno, koju ti odabereš”

Nisam nikoga nazvala. Komšija je i dalje slušao naš razgovor u sobi. Podigla sam telefon do lica i ponovo mu prišla. Kleknula sam između njegovih nogu i počela da glumim razgovor sa prijateljicom.

”Ej ćao, šta radiš?”

Drkala sam mužu kurac i gledala ga u oči.

”Pa evo nismo se davno čule, htela sa da vidim kako si”

Kurac je sve više rastao u mojoj ruci.

”Ja dobro, tu sam sa mužem, malo se družimo. Ti? Kako provodiš karantin?”

Uzela sam kurac u usta i ponovo počela da mu pušim. Spustila sam ruku do pičke i drkala. Povremeno bih promumlala nešto u znak odobravanja, sa sve kurcem u ustima. Zapravo sam sve vreme slušala komšiju kako dahće i tiho mi priča.

”Kako bih te jebao sad... Skloni malo gaćice sa pičke, da te bolje vidim. Kleknuo bih tu iza tebe i nabio ti ga od pozadi. Gurao bih te na muževljev kurac i svršio duboko u tebi. Slušao bih kako vrištiš od zadovoljstva dok te jebem”

”Jel si sigurna?”

Nisam ni vadila kurac iz usta.

”Ohhh, potpuno siguran. Oboje bismo vrištali. Želeo bih da osetim tvoje toplo napaljeno telo dok ti ga nabijam. Da držim tvoje lepe sise u ruci i svršavam pored tebe”

Zastenjala sam tiho a onda odmaknula telefon od usta, da kao drugarica ne čuje.

”I šta je dalje bilo? Nemoj sad da staješ...”

Osetila sam kako mi je orgazam počinjao. On je tiho zastenjao, glas mu je podrhtavao. Znala sam da je i on svršavao u istom trenutku.

"Ohhhhh pičko najbolja... Ne znam ti ni ime, a tako bih te jebao... Prskam te sad po dupetu, udaram glavićem po njemu i izlivam spermu na tvoja leđa... Ahhhh, kako je dobro..."

Svršavala sam bez reči. Morala sam da se pretvaram da i dalje razgovaram sa drugaricom koja nije znala šta radim. Nabila sam kurac u usta i ćutke se tresla između muževljevih nogu.

Kad sam završila, izvadila sam kurac iz usta i odmaknula se od njega. Gledala sam ga u oči dok sam pričala komšiji.

"Nemoj još da ideš, zanima me šta je bilo dalje"

"Okej, tu sam. Napunio sam treću čašicu, samo da znaš"

Ćutala sam nekoliko trenutaka. Mislila sam samo na to kako bi bilo dobro kad bi mi nekako dostavio te čašice. Nisam želela da mu govorim to i tako dajem nadu, ali morala sam nekako da ga ponovo naložim da bi ostao na vezi.

"Volela bih da probam to"

"Bilo bi super, možemo da se vidimo kad god želiš"

"Dogovorićemo se nešto posle svega ovoga, pa da probamo to piće"

"Napraviću ti još, koliko god budeš htela"

Želela sam da ćaskam sa njim, ali muž je bio nestrpljiv. Uhvatio me je za glavu i nabio na kurac. Dok sam mu ćutke pušila, stenjala sam i coktala u slušalicu. Razmišljala sam samo o tome kako da komšiju ponovo naložim. Izvadila sam kurac iz usta, skupila sam usne na vrh glavića i glasno cmoknula kad sam ga poljubila.

Ustala sam i polako prišla stolu. Rukom sam pokazala mužu da mi priđe. Nagnula sam se napred, naguzila se i oslonila laktovima na sto. Kad sam osetila kurac na usminama, ponovo sam se vratila telefonu.

"E, nisam ti pričala. Upoznala sam nekog! Nekog tipa"

Napravila sam pauzu i okrenula se mužu. Namignula sam mu, kao, ložim prijateljicu. Osetila sam kako mi tvrd kurac ulazi u pičku. Muž nije ništa posumnjao. Bio je previše napaljen da bi razmišljao. Ponovo sam se okrenula napred.

"Znaš kako je super tip... Tu, blizu stanuje, komšija. A izgleda... super"

Onda sam komšiji, pred mužem, tačno opisala kako on izgleda. Slušala sam ga kako je tiho stenjao u slušalicu.

"Uspela si da ga opet digneš, čestitam. A jel bi se jebala ti malo s komšijom? Da ti komšija malo da kurac uživo?"

"Jebala bih se s njim bez razmišljanja da sam sama. Ali ja sam u braku, i nikad ne bih prevarila muža. Ali znaš kako je sladak... Mora da ima veliki kurac. Popušila bih mu taj kurac sa uživanjem, a onda bih tu kurčinu nabila u sebe i jebala ga čitav dan. Ma da, super je tip, onako, baš idealan za jebanje"

Moj muž me je sve jače nabadao od pozadi. I komšija je brže stenjao, lepo sam čula da je ponovo počeo da ga drka. Nastavila sam priču u telefon.

"Nego, kako da ti kažem? Ja sad moram da idem, ali budi tu. Ne izlazi napolje, ostani uz telefon, bezbedno rastojanje i to... Ajd važi, ćao"

Nadala sam se da je shvatio i da neće prekinuti vezu. Uspravila sam se i pogledala muža. I dalje ga je nabijao u mene nekoliko trenutaka, a onda ga je izvadio. Uzela sam kurac u ruku i polako ga povukla ka našoj spavaćoj sobi. Držao me je za dupe dok smo hodali. Bio je napaljen kao u vreme dok smo se zabavljali.

Čim sam ušla u sobu upalila sam svetlo. Slegnula sam ramenima na njegov začuđeni pogled.

"Hoću da se slikam dok me jebeš"

Legla sam na leđa i odmah raširila noge pred njim. Podigla sam mobilni ispred lica i uključila ga. Odahnula sam kad sam na njemu videla komšijino lice. Shvatio je da sam htela da ostane tu sa mnom. Isključio je i mikrofon, sve kako sam htela.

Iza telefona, muž mi je prilazio. Stajao je pored kreveta, drkao kurac i napaljeno me gledao dok sam ga čekala. Polako se popeo na krevet, legao preko mene i gurnuo ga unutra. Glasno sam zastenjala. Konačno više nisam morala da budem tiha. Osim što sam i dalje glumila da se snimam dok me jebe.

Tucao me je brzo i snažno. Na samo desetak santimetara ispred njegovog lica, gledala sam napaljeno lice našeg komšije. Drkao je dok je gledao moje lice u ekstazi. Da je muž hteo, da je znao, jednim pokretom je mogao da okrene telefon ka sebi. Ili da se samo malo više nagnuo ka meni, video bi komšiju. Ali taj rizik me je samo još više ložio.

Ležala sam i posmatrala lica dva uzbuđena muškarca, koji se spremaju da svrše zbog mene. Imala sam osećaj da me obojica jebu istovremeno, da obojica napaljeno guraju kurčeve u mene, jedan pored drugog. Dva kurca koja se preplilu, trljaju jedan o drugi, bore se koji će dublje da uđe. Stenjala sam sve glasnije, vikala kako je dobro, kako uživam u jebanju. Kad sam počela da svršavam, činilo mi se da je trajalo satima. Dugo sam lebdela na krevetu i osećala dva kurca kako se bore, prodiru kroz moju pičku. Moji muškarci su na licu imali isti napaljeni izraz dok su obojica jurili ka orgazmu.

Muž ga je izvadio iz mene. Raširila sam laktove i pustila ga da me isprska po licu. Dok me je sperma zalivala, gledala sam ekran. I komšija je svršavao, otvorenih usta i nemo, brzo je drkao kurac dok je gledao kako mi se bela tečnost razliva po licu. Osećala sam se kao da su me obojica isprskali.

Kad su završili, poslala sam poljubac u kameru, onako, sa spermom na usnama, a onda prekinula vezu. Muž je legao pored mene. Pogledao je u mobilni.

”Daj da vidim”

”Šta?”

Pravila sam se nevešta.

”Pa to što si snimila sad”

”A to... Nisam snimala, samo sam se gledala. Nikad ranije nisam videla kako izgledam tad, pa sam htela da vidim”

Nije ništa rekao. Nije mu ni bilo tako važno, svejedno me je video puno puta. Malo sam razmislila, pa onda nastavila.

”Ali nije nikakav problem. Ako hoćeš, možemo sutra da ponovimo
ovo isto, pa ću snimiti”
Klimnuo je glavom.
”Dogovoreno”

Vikend van karantina

Sedela sam na ljuljašci u komšiluku skoro čitavo popodne. Nisam se ljuljala, samo sam se zamišljeno pomerala napred nazad. Bio je petak, bližilo se pet sati i početak vikend zabrane kretanja. Nije mi se išlo kući. Bila sam neraspoložena. Pitala sam se kad ću opet moći da izađem normalno u grad. Nisam ovako bila zamišljala proleće u svojoj dvadesetoj godini. Nedostajalo mi je društvo, i nedostajao mi je momak. Kojeg tad nisam ni imala.

Taj drugi problem je zapravo bio veći. Osećala sam kako se u meni bila nakupila neka nepotrošena energija. Činilo mi se da ću pući od nezadovoljstva. Pogledala sam na sat na mobilnom i uzdahnula. Sledio je još jedan vikend uludo proveden u kući. Već sam se bila spremila da ustanem kad sam primetila komšiju. Zaustavljao je kola na parkingu ispred mene. Morala sam to da ispratim.

Bio je nekoliko godina stariji od mene. Iako visok i zgodan, nikad me nije privlačio. Nikad nisam ni obraćala pažnju na njega, valjda nije bio moj tip. Uvek je bio samo komšija sa kime bih proćaskala ispred lifta i to je sve. Osećam da ni ja njega nisam ložila. Jednostavno, nije bilo erotike među nama.

Ali tog dana, prijalo mi je da vidim bilo kog muškarca u blizini. Kad je zatvorio vrata kola, pogledao je ka meni i nasmešio se. Osetila sam kako sam na trenutak zadrhtala. Dok mi je prilazio imala sam kratki osećaj treme, kao pred ispit. Kao da nikad ranije nismo pričali.

Nekako je tog dana bilo drugačije. Posmatrala sam ga i pitala se kako je bilo moguće da se nikad nisam ložila na njega. Tek tad sam primetila koliko je lep i muževan, dok mi se približavao u odelu, sa sve kravatom. Očekivala sam da mi se samo javi i prođe, ali on je zastao pored mene.

”Uživaš u Suncu?”

”Pa da... Poslednji trenuci slobode”

"

Seo je na ljuljašku pored mene. Odjednom smo postali vršnjaci, koji ćaskaju o glupostima dok se lagano ljuljaju u istom ritmu. Prošlo je desetak minuta kad je on pogledao na sat.

”Prošlo pet. Oćemo?”

Skočila sam sa ljuljaške pa smo krenuli ka zgradi. Nisam mogla da ne primetim kako je pogledao moje noge. Bila sam u suknji iznad kolena, golih nogu u patikama, sređena za komšiluk, i nepripremljena za njega. Ali izgleda da se njemu baš bio dopao taj komšiluk izgled. I meni se sve više sviđao njegov kakav god izgled.

Primetila sam kako me je krišom posmatrao dok smo hodali u tišini. Onda je progovorio.

”Otkud ti sama, gde ti je društvo?”

”Daleko”

”A momak?”

”Nemam dečka”

Napravila sam pauzu samo na trenutak.

”A ti? Gde ti je devojka?”

Baš sam bila nekako nervozno napaljena. Nasmešio se.

”Nemam je”

Već smo bili ušli u zgradu. I lift je odmah bio tu. Vozili smo se u tišini. Od kako smo ušli unutra nismo skidali pogled jedno sa drugoga. Bilo je jasno da oboje hoćemo da se tucamo. Zapravo, nadala sam se da je njemu bilo jasno. Samo nisam znala šta da radim s tim. Sve i da sam mogla da mu to sama predložim, živela sam sa roditeljima, i nije bilo šanse da ga zovem kod sebe. On me nije pozivao, samo me je gutao pogledom. Možda se plašio virusa? Ili mu je bilo glupo. Možda je mislio, komšinica, kao znamo se, pa je bezveze i blam.

Uzdahnula sam kad je lift stao na moj sprat. Neraspoloženo sam ga pozdravila i izašla.

Ostatak popodneva sam provela sa roditeljima. Pomogla sam mami oko večere, onda smo zajedno večerali, pa sam otišla u svoju sobu. Gubila sam vreme na internetu, obišla turu na Instagramu, Fejsu i Tik

Toku, pa onda ispočetka. A onda, negde oko deset sati, zazvonio je interfon.

Začuđeno sam ustala i odmah stigla u predsoblje. Bila sam radoznala. Da se nije nešto desilo? Samo policija je smela da šeta noću. Moji nisu ništa čuli, gledali su neki film. Uzela sam slušalicu i pitala ko je. Nekoliko trenutaka bila je tišina, a onda sam začula komšijin glas.

"E, aj siđi dole malo?"

Bila sam potpuno iznenađena, nisam znala šta da kažem.

"Što?"

"Pa ono, da se družimo malo"

"Zar nije policijski čas?"

"Jeste. Pa?"

Nasmešila sam se. Konačno neko kome izolacija smeta kao i meni. Naravno, radovala sam se i jer sam znala zbog čega me je zvao. Sigurno nije hteo da me vodi na ljuljašku. Rekla sam roditeljima da idem malo na stepenište da prošetam. Pozdravili su me zamišljeno dok su gledali tv. Već su bili navikli da izlazim u hodnik i blejim pored svetlarnika.

Izjurila sam u hodnik i požurila dole. Nisam se sređivala, izgledala sam ista kao kad smo se rastali par sati pre toga. Ako sam mu se tad svidela, nije bilo potrebe da se sređujem. Osim toga, i dalje nisam bila sigurna zbog čega me je zvao. Ko zna, možda je stvarno planirao odlazak do ljuljaške.

Odmah sam shvatila da nije to. Stajao je na ulazu u zgradu i, iako se i dalje komšijski osmehivao, primetila sam da me je nekako drugačije gledao. Nije ništa rekao. Pružio mi je masku kad sam stala pored njega, a onda je navukao jednu preko svog lica. Nisam znala da li je maske poneo zbog sebe ili mene, ali sam je ipak bez pogovora stavila. Naslonila sam se na zid i pogledala ga.

"I, šta si mislio?"

Prišao mi je bliže. Mogla sam da čujem kako je brzo disao ispod maske.

"Reci mi, tebi baš nedostaje dečko?"

Svidelo mi se što nije okolišao. Zavrtelo mi se u glavi kad sam osetila njegove ruke na svom struku. Želela sam da ga odmah uhvatim za kurac i izvučem ga napolje. Ali nisam htela da pomisli svašta o meni.

”Pa ono, da...”

Progutala sam knedlu dok se on polako sve više približavao. Video je da se ne bunim, pa je uzeo moju ruku i stavio je između svojih nogu.

”A koliko ti nedostaje?”

Nisam morala ništa da odgovorim. Glasno sam uzdahnula kad sam osetila njegov veliki tvrdi kurac pod rukom. Toliko dugo ga nisam osećala... Stegnula sam ga jednom od nervoze i strasti, a onda sam polako povlačila dlanom gore i dole po njemu kroz pantalone. Posmatrao me je zadovoljno dok sam mu tako drkala. Zadigao je moju kratku suknjicu i zavukao ruke u gaćice. Već sam bila vlažna. Drkali smo jedno drugom u tišini i gledali se u oči.

Ponovo sam postala svesna gde se nalazimo tek kad mi je povukao gaćice u stranu i otkrio pičku. Stajali smo pored interfona, na osvetljenom ulazu u zgradu. Osvrnula sam se oko sebe, pomalo uplašena. Stavila sam obe ruke na njegove grudi.

”Ne možemo ovde”

Zastao je na trenutak i pogledao me je začuđeno.

”Što? Ko će da nas vidi?”

Još jednom sam pogledala oko sebe. Ispred zgrade je bio prazan parkić, u daljini zgrade, a na ulici se nisu čula kola. Naša zgrada je bila mala, poznavala sam sve komšije. Niko od njih nije bio u fazonu da se šetka noću ni u redovno vreme, a pogotovo ne u vreme pandemije i policijskog časa. Ponovo sam se opustila. Nisam se ni pomerila dok mi je sklanjao gaćice sa pičke. Oslonila sam dlanove na njegova ramena, malo raširila noge i mirno čekala da ga gurne u mene.

Osetila sam njegov topli glavić na usminama, a onda kako polako ulazi unutra. Zatvorila sam oči i zastenjala tiho. Sa svakim novim santimetrom osećala sam kako napetost u telu nestaje. Kurac mi je baš prijao. Posle dužeg vremena. Otvorila sam oči ponovo onda kad sam osetila njegov stomak na svom. Nabio ga je do kraja i pogledao me u oči.

Tada sam ponovo shvatila da me on uopšte ne loži. Koliko god da je bio zgodan i lep, i dalje me nimalo nije privlačio. Verovatno se ni on nije ložio na mene. Ali to više nije ni bilo važno. Njegov kurac u meni mi je tako trebao. On me je privlačio. Lica su nam bila prekrivena maskama dok smo se gledali nekoliko trenutaka. Kad je počeo da me jebe zatvorila sam oči.

Maštala sam o drugima. Nastavniku iz srednje škole, kolegi sa fakulteta, o zgodnom asistentu, barmenu iz kafića u koji sam izlazila ranije... Svi oni su me u mislima jebali. I sve vreme sam šaputala uputstva komšiji.

”Malo brže... Nabij ga dublje... Uhvati me za sise, slobodno ih stegni jače... Uh, dobar ti je kurac, samo tako...”

Bio je to tehnički seks, ništa više od toga. Ali tako je prijao. Možda baš zato što je slušao sve što sam tražila.

Naravno, najuzbudljivije je bilo to što smo se jebali ispred ulaza. Nikad mi nije padalo na pamet da bi to ikad moglo da se desi. Preko dana su tu prolazili ljudi, tu sam se kao klinka puno puta igrala. Preskakala sam lastiš pored tih stepenica i igrala školice.

Tad je sve bilo drugačije. Svuda oko nas bila je tišina, čuli su se samo naši zvuci. Da je bilo ko podigao interfon, mogao je da nas čuje. Možda i da siđe da nas vidi. Ali to me je samo još više palilo. Spustila sam dlan do pičke i prstima pritisla klitoris.

Bila sam sve glasnija, stiskala sam njegove mišice sve jače. Onda sam pustila krik koji je na trenutak odjeknuo ka okolnim zgradama. Svršavala sam snažno ispred svog ulaza, u rukama komšije kog sam jedva poznavala. Ali bilo je tako dobro.

Nisam ni svršila do kraja kad sam osetila njegov dlan na ramenu. Izvadio ga je iz mene a onda me blago pogurao dole. Kleknula sam i u poslednjem trenutku skinula masku sa lica. Mlaz sperme me je poprskao po bradi pre nego što sam ga obuhvatila usnama. Držala sam ga za kolena i gledala kako ga je brzo drkao u mene. Još uvek sam se tresla od orgazma dok sam gutala njegovu spermu.

Tek tada, dok sam osećala ukus njegovog semena na jeziku, shvatila sam da nije imao kondom. Toliko dugo se nisam jebala i toliko mi je trebao kurac, da mi zaštita nije pala na pamet. Ali tada mi to nije izgledalo važno. Oboje smo imali maske, i to je bila najvažnija zaštita u tom trenutku.

Progutala sam i poslednju kap, pa onda prstima obrisala spermu sa usana i brade. Ponovo sam stavila masku preko lica i ustala. Oslonio je ruku na moje dupe dok me je gledao zadovoljno.

”Uhhhh... Bilo je baš dobro”

Bilo je fenomenalno, pomislila sam. Klimnula sam glavom i odgovorila.

”Bilo je dobro”

Ćutali smo u liftu dok smo se vozili, nije imalo šta da se kaže. Izašla sam iz lifta na svom spratu i okrenula se ka njemu.

”Okej onda, ništa, vidimo se...”

Mahnuo mi je.

”Vidimo se”

Te noći sam spavala mirno i opušteno, kako odavno nisam. I sutradan sam se probudila raspoložena, čitavo prepodne sam cvrkutala kroz kuću. Negde pred podne sam ga se ponovo setila. Nije mi nedostajao on, i dalje me nije privlačio, samo sam bila ponovo spremna za jebanje. Bilo mi je krivo što mu prethodne noći, u liftu, nisam jasnije dala do znanja da sam raspoložena za još. Barem dok traje karantin. Trebao mi je seks kao sport, za rekreaciju i opuštanje.

Nedugo nakon toga, čula sam zvuk zvona interfona. Odmah sam dotrčala do njega. Bio je on, zvao me je da izađem u šetnju. Pogledala sam se u ogledalu na kratko, na brzinu popravila kosu, uzela masku i izjurila napolje. Roditeljima sam rekla da ću ručati kasnije.

Tek kad se lift zaustavio u prizemlju, setila sam se da sam mogla ponovo da obučem suknju. Bilo bi lakše. Umesto nje, na sebi sam imala obične bele helanke koje sam nosila po kući. Ali bilo je kasno, mrzelo me je da se vraćam.

Stajao je u hodniku ispred izlaza, nasmešio se kad me je video. Kao i ja, bila sam srećna što ga vidim i nestrpljiva da doživim nastavak. U liftu sam razmišljala, i nekako sam istripovala da će me odvesti u podrum. Nisam očekivala da me vodi u svoj stan, pa mi je to delovalo kao logično mesto. Nije bilo šanse da se ponovo tucamo pored ulaza u zgradu. Još uvek je bio policijski čas, ali bi preko dana to bilo previše rizično.

Ali umesto da me povede ka podrumu, otvorio je vrata i izašao napolje. Krenula sam za njim i sa svakim korakom osećala sve veće razočaranje. Nije valjda stvarno mislio da me vodi u šetnju? Da se nije zaljubio? Možda je planirao da mu budem devojka?

Već sam u glavi vrtela razloge zbog kojih mogu da prekinem šetnju i vratim se kući, kad sam primetila izbočinu između njegovih nogu. Dok je čavrljao o nekim glupostima koje nisam ni slušala, osvrtao se oko sebe, kao da traži nešto. Tako sam i mogla da vidim da mu se kurac baš bio dobro digao.

Ubrzo se osmelio. Stavio je ruku na moje dupe i blago ga stezao dok smo prolazili kroz prazno naselje. Gledao me je napaljeno.

”Drago mi je što si obukla helanke. Baš ti lepo stoje”

Da, znala sam i sama da imam dobro dupe. Ćutala sam i pustila ga da me vata dok smo hodali. Prijao mi je njegov dodir, i sve sam se više palila.

Kad smo stigli u neki prolaz između zgrada, na mestu na kome niko nije mogao da nas vidi, gurnuo me je ka zidu. Okrenuo me je licem ka njemu i stao iza mene. Oslonila sam se dlanovima i čekala. Osetila sam njegov tvrd kurac na dupetu kad se pribio uz mene. Izvukao ga je napolje i golog trljao preko helanki. Uhvatio me je za sise i stegnuo ih. Slušala sam ga kako dahće kroz masku koju je već navukao na lice.

”Hoćeš da te jebem ovde? Jel hoćeš?”

”Hoću”

Jednim potezom mi je helanke i gaćice svukao do polovine butina. Osetila sam kurac ispod dupeta, tražio je ulaz u mene. Glavić je zastao između usmina, a onda ga je polako gurnuo odozdo. Oslonio je dlan preko mog dlana na zidu, dok je drugu šaku provukao između mojih nogu. Drhtala sam dok mi je prstima prelazio preko vlažne pičke.

Osvrnula sam se oko sebe. Videla sam da ipak ima nekoliko prozora sa kojih mogu da nas vide. Navukla sam masku preko lica, iz predostrožnosti, da me neko ne prepozna. Taman kad sam se opustila i prepustila jebanju, izvadio ga je iz mene. Mislila sam da hoće nešto drugo da probamo, ali već mi je navlačio helanke na gore. Pogledala sam ga začuđeno dok je vraćao kurac u pantalone. Već me je obuhvatio oko struka i odlučno pošao.

"Idemo dalje"

Krenula sam za njim nesigurnim korakom. Htela sam da me odmah izjebe, nisam znala šta čeka, i trebalo mi je neko vreme da bih shvatila šta je hteo. A onda sam bila oduševljena idejom.

Vodio me je kroz čitav kraj, zajedno smo tražili najbolja mesta za jebanje. Bila je to zabavna i uzbudljiva igra. Bilo je gotovo nemoguće naći mesto na kom baš niko nije mogao da nas vidi. Ali tako ne bi ni bilo zanimljivo. U nekom skrivenom budžaku smo uvek mogli da se jebemo, svaki dan. Dobra mesta su bila ona koja su bila na otvorenom, a opet zaklonjena drvećem ili prodavnicama od najbližih zgrada. Ako je neko mogao da nas vidi sa prozora udaljenih zgrada, to je bilo samo još zanimljivije. Ionako smo nosili maske.

Dok smo hodali i tražili mesta, on me je hvatao za dupe, a ja sam mu povremeno kroz prolaze između zgrada vadila kurac i drkala mu u hodu. Tad bi obično zastao, svukao mi helanke i lizao pičku. Palacao je jezikom po meni sve dok nisam bila blizu orgazma, pa bi onda ustao i mirno nastavio put, bezobrazno se smeškajući, kao da se ništa nije desilo.

Tucali smo se svuda. Guzio me je na tezgama na praznoj pijaci, jahala sam ga na klupici ispred našeg marketa, jebao me je na vratima mog frizerskog salona, naguzio između dva parkirana džipa... Negde me je jebao na kratko. Na mestima na kojima su mogli da nas vide, samo bi zastao, sačekao trenutak kad nas niko ne vidi, a onda ga ovako ili onako gurnuo u mene. Nekoliko puta bi ga vadio i gurao u mene, pa bismo onda odmah nastavljali put. Kao da je želeo samo da overi ta mesta, da bismo mogli da kažemo da smo se i tu jebali.

Sva ona mesta koja smo dobro poznavali, odjednom smo ponovo upoznavali na novi način. Jebali smo se kao da nam je poslednje, jer smo znali da se verovatno nikad više nećemo tucati na tim mestima. Čitav komšiluk bio je naš. Povremeno bi se desilo da u blizini nas prođe neki usamljeni prolaznik, ali takav bi se ili pravio da nas ne primećuje, ili bi nam veselo mahnuo i nešto duhovito dobacio. Nismo prekidali jebanje ni zbog koga.

Svršio je nekoliko puta. Mislim da nikad ranije nisam progutala toliko sperme u tako kratkom periodu. Nisam ga pustila da me isprska jer sam morala kući u istoj garderobi, a nije dolazilo u obzir da mu dozvolim da prska u stranu. Bilo bi šteta da se baci. Začudilo me je kako je uopšte mogao da svrši toliko puta. Nisam znala da li je to zato što je bio napaljen na mene, ili je inače bio u dobroj jebačkoj kondiciji. U svakom slučaju, prijalo mi je. I činilo mi se da je polako počinjao da mi se stvarno sviđa.

Kad je poslednji put svršio pre nego što smo krenuli nazad, pušila sam mu ispred pošte. Zastao je kad smo prolazili pored, naslonio se na zid i povukao me ka sebi. Odmah je izvadio kurac. Bili smo zaklonjeni drvećem od najbližih zgrada. Svukla sam helanke do članaka i kleknula golih kolena, da ih ne bi isprljala. Iako smo bili u sred naselja, svuda oko nas bila je tišina. Slušala sam ptičice dok sam mu pušila. Držao je dlanove na mojoj glavi i stenjao.

Onda mi je zazvonio telefon. Činilo mi se da se u onoj tišini njegov zvuk čuo u svim okolnim zgradama. Uzela sam ga odsutno u ruku, ne vadeći kurac iz usta. A onda sam se prenula kad sam videla ko me zove. Brzo sam izvukla kurac napolje.

”Ćao mama”

Bila je zabrinuta što me nema. Rekla sam joj da ne brine, da sam u šetnji sa drugaricom i da se pazimo. Dok mi je ona pričala, komšija je pokušavao da mi nabije kurac ponovo u usta. Nije mi to bio problem. Pušila sam mu dok sam ćutala i slušala. Komšiju je izgleda naložilo to što mu pušim dok pričam sa kevom. Osetila sam kako podrhtava ispred mene. Obuhvatila sam usnama čvrsto glavić i čekala da mi sperma ponovo ispuni usta.

Ali on to nije želeo. Iskoristio je trenutak kad sam morala da ćutim, uhvatio me je za kosu i povukao me malo unazad. Izdrkao mi je na lice, prskao me spermom po obrazu i usnama dok sam mami mirno objašnjavala kako ću uskoro doći kući. Prekinula sam vezu dok je on brisao glavić o moju bradu.

Pogledala sam ga odozdo dok se on nekako nestašno cerio.

”Znači, na prevaru, a?”

Nije mi smetalo. Važno mi je bilo da mi nije isprskao odeću. Ustala sam i navukla helanke. Kad sam podigla ruku da obrišem lice, zaustavio me je.

”Ajd nemoj da je skidaš? Ionako te niko ne vidi”

Zastala sam na trenutak, pa onda odustala od brisanja. Stvarno niko nije mogao da me vidi. Toliko puta mi je pružio uživanja tog dana da je zaslužio to, ako ga je već toliko ložilo.

Polako smo hodali ka našoj zgradi. Po prvi put smo se držali za ruke. Da nas je neko tad video u praznom komšiluku, mislio bi da smo zaljubljeni par. Osim što je meni lice i dalje bilo obliveno njegovom spermom, što i nije bilo tako romantično. Ali njemu se to baš sviđalo. Primetila sam da ne skida pogled sa mog lica. Nisam ga dobro poznavala, ali činilo mi se da neće još dugo izdržati.

Bili smo blizu kuće kad me je povukao za ruku ka drugoj zgradi. Ušli smo u hodnik koji je povezivao ulaze. Sa jedne strane bila je zgrada, a sa druge klupe i zadnji zid prodavnica tržnog centra. Odmah sam sela na klupu. Otkopčala sam mu šlic i izvadila kurac. Uzela sam ga u usta i podigla glavu ka njemu dok sam mu pušila. Znao sam da hoće da gleda u moje ulepljeno lice, još svetlucavo od njegove sperme.

Kurac mu nije bio dignut i trebalo mu je neko vreme dok je ponovo dobio čvrstinu. Uhvatio me je za mišku i povukao gore. Okrenula sam se ka stubu pored klupe i oslonila dlanom na njega. Kad mi je svukao helanke, podigla sam stopalo na klupu. Odmah je počeo da me jebe. Bila sam već spremna i ponovo napaljena. Spustila sam drugu ruku između nogu i trljala pičku. Stenjala sam poluzatvorenih očiju i uživala u kurcu.

Onda sam začula korake iza naših leđa. Neko nam se približavao. Moj jebač je na trenutak usporio, a onda je mirno nastavio, kao da se ništa ne dešava. Spustila sam glavu. Nisam mogla da sakrijem lice maskom. Na licu mi je još uvek bila sperma, i nisam želela da uflekam masku. A onda dubok, glasan i prodoran glas.

"Šta radite vas dvoje tu?"

Moj komšija je zastao, a ja sam se uplašeno okrenula i pogledala kroz kosu iza nas. Trgnula sam se i uspravila kad sam ga videla. Policajac je išao prema nama. I delovao je besno. Moj komšija se okrenuo ka njemu, a i mene sa njim. Uspravila sam se. Odjednom sam stajala skoro gola ispred policajca, sa kurcem duboko u sebi i spermom na licu. Mogla sam da zamislim šta je mislio o meni.

Već sam ga videla kako piše prijavu, i pitala se šta ću da kažem roditeljima. Onda se on u hodu uhvatio između nogu. Videla sam obrise velikog kurca u uniformi. Bilo je očigledno da je dugo stajao i posmatrao nas. Nameštao je kurac dok nam je prilazio.

"Jel me primate u društvo?"

Nije čekao odgovor. Već ga je izvadio pre nego što je stigao do nas. Ja sam već znala odgovor. Bila sam dovoljno napaljena. Gledala sam u njegov kurac i želela ga u sebi. Čula sam komšiju iza svojih leđa.

"Ne znam, moramo nju da pitamo"

Već sam se bila podigla na prste i izvadila komšijin kurac iz sebe. Držala sam ga za ruku dok sam pružila dlan ka kurcu policajca. Polako sam mu drkala kad je stao pored mene. Navukao je masku preko svog lica, a onda je sam povukao na gore i masku na mom licu. Izgleda da ga nije brinula sperma.

Dok je stajao ispred mene navukao je kondom. Podigao je pogled ka meni, stavio dlan na moj struk i odmah ga gurnuo u mene. Uhvatila sam čvršće komšiju za ruku i zastenjala. Policajac je imao malo manji kurac od komšijinog, ali deblji.

Osetila sam drugi kurac na svom dupetu. Komšija se trljao o mene. Znala sam da neće izdržati da ga ne gurne u mene. Nisam nikad osetila dva kurca u sebi, ali tad sam dobila neku navalu samopouzdanja. Ili samo napaljenosti. Okrenula sam mu profil i pomilovala po butini, da ga ohrabrim i pokažem mu da može. Kad sam osetila glavić kako traži otvor, znala sam da je razumeo.

Kad je nabio čitav glavić u mene odjednom, istog trenutka sam se pokajala. Htela sam da mu kažem ono što sam osećala, da neću moći, da će me previše boleti i da ne želim to. Ali nisam mogla. On je već nastavio da ga gura u mene i više nisam mogla da govorim. Policajac me je jebao od napred, i još više me nabijao na taj drugi kurac iza mene. Jednom rukom sam čvrsto stezala podlakticu policajca, a drugom podlakticu komšije. Kao da sam pokušavala da se izvučem između njih, da se pridignem i pobegnem od ta dva kurca koja su pretila da me pocepaju.

Komšijin kurac se zabijao sve dublje u mene, i sve me više boleo. Onaj pandur mi je snažno stezao sise dok sam zatvorenih očiju stenjala između njih. Želela sam da im kažem da prestanu, da me boli i da hoću da idem. Ali nisam mogla da govorim, samo sam stenjala. A onda se komšija nabio kurcem do kraja. Osetila sam kako mi njegova topla bedra snažno pritiskaju dupe. Odjednom je bol prestala. Samo sam osetila dva kurca duboko u sebi i imala osećaj ispunjenosti zbog toga. Činilo mi se kao da sam lebdela između njih dvojice. Kao da su me ta dva kurca zakačila i podigla sa tla.

Otvorila sam oči i tek tad postala svesna da su mi suze curile niz obraz. Komšija ga je polako ponovo izvadio iz mene, sve do glavića, a onda počeo da me guzi.

I dalje sam ih držala za ruke, ali sam bila opuštenija. Počela sam da uživam u jebanju. Osetila sam kako su me lepo podelili između sebe. Svako je dobio po jednu rupu, svako me je držao za jednu sisu i obojica su drugu ruku držali na suprotnoj strani mojih bokova. Jebali su me između sebe i pomerali me na sve strane. Nisam se osećala kao da se ljuljam na brodu, nego kao da se vozim po nekom putu punom rupa. Dok su se divljački nabijali u mene, skakutala sam između njih i levo i desno i gore i dole bez ikakog smisla i ritma.

Ali malo je reći da sam uživala. Mislim da sam svršavala svo vreme. Moja stopala nisu dodirivala pod, kurčevima su me dizali u vazduh dok sam skakutala po njima. Uživala sam u snažnim muškim prstima koji su mi čvrsto stezali sise, slušala ih kako uzbuđeno dahću ispred i iza mene. Stenjala sam i stenjala i činilo mi se da orgazmu nije bilo kraja.

Policajac je prvi počeo da svršava. Otvorila sam oči kad je glasno zastenjao. Tek tad sam ga po prvi put stvarno pogledala. Bio je niži od mene, ali mišićav, širokih leđa i nabijen. Imao je čvrstu bradu i lepe braon oči. Lice mu je bilo u orgazmu, lepo je izgledao dok je svršavao. Čvrsto je stegnuo moju sisu dok je punio kondom u meni.

Osetila sam toplotu i na drugom mestu duboko u stomaku. Moj komšija me je punio od pozadi. Pribio se uz moja leđa i stenjao mi pored uva. Ponovo sam zatvorila oči u ekstazi. Znala sam da su bile male šanse da ću to ponovo ikad doživeti, pokušala sam da što više uživam u ta dva kurca u sebi.

Otvorila sam oči tek kad su izvadili kurčeve iz mene. Gledala sam ih sanjivo, osmehivala sam se bez potrebe da bilo šta kažem. Policajac je bacio kondom u stranu, a onda odmah vratio kurac u pantalone uniforme. Tek tad sam videla da nije imao ni pištolj ni pendrek. Nije ni bio na dužnosti, sve i da je hteo da nam napiše kaznu, nije mogao.

Podigao je glavu ka meni i pogledao me u oči. Pomilovao me je po kosi.

”Hvala ti, bilo je super. Poljubio bih te u obraz, ali... Jebiga. Znaš”

Nasmešili smo se i on se okrenuo. Napravio je nekoliko koraka, a onda je zastao. Okrenuo se ponovo ka nama.

”Jel ste raspoloženi da sutra ponovimo ovo? I sutra je zabrana kretanja”

Čula sam komšiju iza svojih leđa.

”Može, ako dovedeš neku zgodnu koleginicu. Glupo je da jebemo samo moju devojku”

Policajac se malo uozbiljio.

”Ti bi baš hteo da jebeš policiju?”

”Pa da, ako je zgodna, što da ne”

Komšija izgleda ništa nije kapirao. Mislim da je shvatio tek nakon što se policajac namrštio i krenuo ka nama. Na trenutak sam pomislila da će da nas oboje oleši od batina, i da nas posle ipak privede u stanicu. Ali odmah se ponovo nasmejao.

”Zezam se, opustite se. Bilo je super ovo. Ne brini, videću to za koleginicu, već imam neku koja bi verovatno pristala”

Pre nego što je otišao, dogovorili smo susret na istom mestu, u podne. Jedva sam čekala da stavim ta dva kurca ispred sebe, i da ih lepo izmerim.

Spajanje komšija

Od kako je počelo vanredno stanje, počela sam da radim od kuće. U početku je to bilo bolje, imala sam puno više slobodnog vremena za sebe. A onda je vremenom postalo drugačije, baš zato što sam imala puno više slobodnog vremena za sebe. Nije bilo tako loše, ali nisam više znala šta ću sa sobom. Kuvanje ručkova, čitanje knjiga i gledanje serija su bili sve manje zabavni.

Moj muž je i dalje radio. Bio je zaposlen u nekom ministarstvu, i dolazio je kući samo noću, a ponekad ni tad. Znao je odlično sa kim se oženio. Znao je koliko mi treba seks, i koliko sam oduvek bila slobodna za sve varijante. Nakon prvog dana mog rada od kuće, seo je sa mnom i obavio ozbiljan razgovor. Rekao mi je da je svestan da neću moći da izdržim sama, i dao mi je odrešene ruke da sama potražim zabavu dok on nije tu. U prevodu, mogla sam da se tucam sa kime sam htela. Uslov mu je bio da uvek imam zaštitu, i da ne zaboravim sa kim sam u braku.

To je bio jedan od razloga zbog koga sam ga volela i zbog čega ga nikad neću ostaviti. Razumeo me je, kao i ja njega. Bila sam sigurna da bih ja njemu isto rekla u sličnoj situaciji.

Dakle, mogla sam slobodno u neobavezne kontakte, samo što u vreme korone to nije bilo baš lako. Svi ljudi oko mene pazili su i da priđu jedno drugom, a kamoli da uđu jedno u drugo. Kad god sam mogla, bila sam napolju. Išla do prodavnice, bacala smeće, pa u apoteku, pa onda ponovo do prodavnice. Sve samo da bih došla u neku situaciju blizu muvanja.

Onda me je jednog prepodneva komšinica penzionerka zamolila da joj prošetam psa. Ona ga je inače sama šetala, bez obzira na zabranu, ali bila je umorna tog dana, i neraspoložena za izlazak. A pas je morao da se šeta. Sa oduševljenjem sam prihvatila. Nadala sam se da ću u šetnji naleteti na nekog macana, vlasnika kućnog ljubimca.

Nisam ništa znala o psima, ali sa entuzijazmom sam izašla napolje. Mali beli pas je bio na dugačkom kajšu, trčkao je na sve strane dok sam hodala iza njega. Posmatrala sam parkić kroz koji smo prolazili. Na travi je bilo nekoliko pasa, ali šetali su ih samo starije gospođe. Gledala sam razočarano oko sebe. Napravila sam nekoliko krugova po parku sa psom, a onda sela na klupu i zapalila cigaretu.

Već mi je bilo dosadilo, planirala sam da ustanem, kad sam ga primetila sa druge strane parka. Nije me video. Vodio je nekog velikog psa i kuckao nešto u telefon kojeg je držao u ruci. Osmehnula sam se. Grickala sam usnu, u sebi se kao pitala da li je to pametno, a već sam znala da sam donela odluku. Viknula sam njegovo ime i veselo mu mahnula kad me je pogledao.

Osmatrala sam ga dobro dok je prilazio. I dalje je dobro izgledao. Visok, široka leđa, zgodan tip. Stanovao je nekoliko zgrada udaljen od mene, očigledno je napravio veliki krug da bi prošetao psa. I što je bilo najvažnije – tucali smo se nekoliko puta, neobazno, pre pet ili šest godina, pre mog braka. Upoznali se na nekoj žurci u kraju, izjebali se onako pijani, i onda nastavili druženje još nekoliko nedelja. Rastali smo se isto tako neobavezno i spontano, u dobrim emocijama.

Obradovao se što me je video. Dok smo razmenjivali vesti jedno o drugom, pažljivo sam ga odmeravala. Bio je još uvek mršav, ali nekako zategnut, mišićav i žilav. Bradica od dva dana na njegovom čvrstom četvrtastom licu, guste obrve i plave oči. I dalje je izgledao kao san. Osećala sam kako se ložim, samo nisam znala koliko je pametno da ponovo ulazim u to sa njim.

Pričao mi je o svom poslu u inostranstvu, kako se vratio ovde baš pre korone. Taman sam htela da ga pitam za planove i kako provodi vreme, kad se odnekud pojavila moja drugarica koja je u tom trenutku prolazila pored nas. Šetala se po kraju, bez psa, bilo joj je dosadno u stanu. Pozdravila je i mog bivšeg jebača, očigledno su se poznavali. Posmatrala sam je. Plavuša duge ravne kose, na sebi je imala obične patike, uske izlizane bele farmerke, i košulju koju je vezala u čvor da otkrije struk i pupak. Bila je prezgodna, toliko da sam osećala blagu ljubomoru kad sam primetila kako je gledao.

Ali, sviđalo mi se kako je izgledala. Naravno da jeste, kad sam i sa njom bila u kratkoj erotskoj vezi. Nije mi bila jedina devojka, ali je bila jedna od onih sa kojima sam stvarno uživala. Bilo mi je zanimljivo i nekako čudno to što sam sedela sa njima. Smeškala sam se i prisećala kako sam nekad zadovoljno svršavala pored njih. Prošle su godine od tad, ali nisam ih zaboravila.

Komšija je i dalje zurio u nju. Zapravo u njena bedra. Stala je odmah pored njega i očigledno nije brinula za socijalnu distancu. Njeni kukovi su se pomerali ispred njegovog lica, bilo je dovoljno samo da se još malo približi ka njoj da bi joj poljubio pičku u farmerkama. Nije ništa pričao, ali je izgledao potpuno hipnotisan.

Tek tad sam se setila odakle se znaju. Nije ni čudno, godinama ih nisam viđala i već sam bila skoro zaboravila. Oni su bili prve komšije, vrata do vrata. Sećam se da sam kod njega išla na jebanje, a onda kod nje na kafu.

”Hej, pa vi ste prve komšije!”

Nasmejala se i stavila komšiji dlan na rame.

”Pa da, najbolje”

Nekako su mi delovali previše uzdržano. Kao da nisu pričali jedno sa drugim. Pitala sam se da li su se jebali, pa su se kasnije posvađali, ili su bili hladni baš zbog toga što se nisu tucali. Videla sam da nisu raspoloženi za komšijske teme, pa sam okrenula priču na drugu stranu.

Komšinica je ubrzo otišla, a on je odmah okrenuo glavu za njom. Oboje smo posmatrali kako je zavodljivo vrckala dupetom dok je odlazila od nas. Prestao je da je gleda tek kad je nestala iz vidokruga. Zbunjeno se osmehnuo kad je shvatio da sam to primetila. Posmatrala sam ga nestašnim pogledom.

”Jel bi tucao ti to?”

Izgledao je kao da se čudi što ga to pitam.

”Pa realno, vidiš kako izgleda. Naravno da bih”

Posmatrala sam ga pravo u oči nekoliko trenutaka. Unapred sam uživala u njegovoj reakciji.

”A šta ako bih ti rekla da bih mogla da ti je nabacim?”

”Rekao bih ti da me ne zajebavaš”

”Ne ozbiljno... Ako nema dečka, možda bi mogao da je jebeš već sutra. Možda čak i danas”

”E daj jebote, pusti me toga”

Nije mi verovao. Kad razmislim, kako bi i mogao da poveruje?

”Nema veze”

Odmahnula sam rukom i prešli smo na druge teme. Ali u glavi sam već razmatrala kako da ih spojim. Kad smo ustali, otpratio me je do mog ulaza, koji mu je i onako bio usput. Pred rastanak sam ga ozbiljno pogledala.

”Sad bez zezanja. Možda ću te danas zvati. I doći kod tebe sa tvojom komšinicom”

Pogledao me je. Činilo mi se da me je tad shvatio ozbiljno. Klimnula sam glavom i nastavila.

”Znači, sredi se, istuširaj, lepo se obuci, parfemi i svi fazoni, i čekaj. Imam samo jedan uslov”

”Koji?”

Osvrnula sam se da nas neko ne čuje i prošaptala.

”Ako dođem sa njom, moraćeš i mene da odradiš”

Nasmejao se. Sačekao je sekund, dva, dobro me je odmerio, a onda progovorio.

”Pa znaš kako... To nikad neće biti problem. Čak i ako se ne pojaviš sa njom”

Zadovoljno i pomalo stidljivo sam klimnula glavom. Prijalo mi je to što je rekao. Okrenula sam ka vratima, a onda ponovo ka njemu kad sam se setila. Pozvala sam ga i sačekala da me pogleda.

”Nemoj samo... Ono, nemoj da se igraš sa mališom dok ne dođemo”

Namerno sam ga tako nazvala, baš zato što nije bio mališa. Dobro sam ga se sećala. Imao je dugačak i tvrdi kurac, sa velikim glavićem.

Trebalo mi je nekoliko jebanja da bih se uopšte navikla na njega. Zadrhtala sam dok sam otključavala vrata kad sam se setila njega.

Vratila sam psa komšinici, ušla u svoj stan i odmah uzela telefon. Stavila sam ga na sto, sela ispred njega i pozvala je vajberom. Osmeh mi se raširio licem kad sam je videla. Imala je gola ramena, na sebi je nosila samo brus. Zastenjala sam zadovoljno.

”Mmmmmm, od kad to nisam videla”

Nasmešila se.

”Spremam se za tuširanje”

Želela sam da joj tražim da mi pokaže sise, ali sam znala da bi to bilo previše napadno. Ona jeste bila u mom fazonu, slobodna i otvorena što se tiče seksa, ali odavno se nismo ni videle, a još manje tako družile. Sela je za sto, pa smo počele da razgovaramo.

Nisam odmah rekla šta hoću, polako sam navodila priču na to. Nije imala dečka, i meni je slobodno mogla da prizna da joj nedostaje muškarac. Slušala sam njenu priču o bivšem momku i raskidu, i sačekala da završi.

”A šta bi ti rekla ako bih ti kazala da znam tipa koji se loži na tebe? I koji bi se rado, hm, družio sa tobom”

”Rekla bih ti... daj ga odmah”

Nasmejale smo se obe. Nije me čudio taj odgovor.

”Bez zezanja”, nastavila sam, ”Jel bi bila raspoložena za jednu takvu akciju, možda već i danas?”

”A ko je tip? Kakav je, mislim, otkud sad to odjednom?”

”Super je, videćeš. Baš se jako loži na tebe, uživaćeš sigurno”

Videla sam kako se odjednom prenula.

”Čekaj... Nije valjda... Da nije možda moj komšija, onaj od malopre?”

Progutala sam knedlu. Nije zvučalo kao da bi joj se to svidelo.

”Ma jok, otkud ti ta ideja?”

”Nemoj samo da je on”

”A što?”

"Startovao me je nekoliko puta ranije. Nemoj poglešno da me shvatiš, super je tip, i sigurno bih se jako ložila na njega, samo da mi nije komšija. Stvarno bi bilo glupo. I to još vrata do vrata, pa na šta bi to ličilo?"

Klimala sam glavom. Nisam mogla da verujem da je odjednom toliko konzervativna za takve gluposti.

"Da, da, potpuno te razumem. Nije on, ma kakvi... Drugi jedan tip, videćeš"

Pričale smo još malo. Pristala je jer mi je verovala, pa sam joj rekla da ću joj javiti detalje, i da ćemo je onda nas dvoje zajedno posetiti tog popodneva.

Uzdahnula sam kad smo prekinule vezu. Nisam bila očekivala takvu reakciju. Znala sam da voli da se tuca, i bila sam sigurna da će jedva čekati da joj dam priliku i razlog da se jebe sa komšijom. Razmišljala sam neko vreme, a onda ga pozvala. Rekla sam mu za promenu plana. Da neće ona doći kod njega, nego ćemo mi ići kod nje. Odmah sam nazvala i nju, i rekla joj da se spremi za jebanje tog popodneva. Bila je oduševljena.

Nadala sam se da joj neće smetati ostatak mog plana.

Nisu prošla ni tri sata od kako smo sedeli u parkiću, kad sam pozvonila na njegova vrata. Mirisao je na sapun, kao da je tek izašao ispod tuša. Na sebi je imao novu majcu, uske farmerke i ogromnu nabreklu budžu između nogu. Nisam odolela, morala sam da dodirnem to. Zbunjeno me je posmatrao dok sam polako prelazila dlanom preko kurca. Bila sam napaljena, želela sam da ga poljubim, vratim ga nazad u stan i dam mu da me izjebe. Ali nosili smo maske, a on se spremao za drugu devojku.

Pustila sam ga i okrenula se ka susednom stanu u hodniku. U tišini smo stigli do vrata, a onda sam se okrenula ka njemu.

"Nego, znaš... Ona je malo stidljiva. Nosiće masku"

"Nema veze, i ja nosim masku"

Razmišljala sam da li da nastavim, a onda sam odmahnula rukom.

"Nema veze, sačekaj tu da te pozovem"

Pozvonila sam drugarici na vrata, a onda ih odmah otvorila. Kad sam ušla u njenu sobu, ona je obuvala visoke štikle. Pogledala sam je začuđeno.

"Šta radiš to?"

"Evo, sređujem se"

Ustala je, raširila ruke, pa se okrenula oko sebe ispred mojih očiju.

"Šta misliš?"

Obukla se kao da se spremila za izlazak. Visoke štikle, bele helanke, uska majica i bela jakna sa nekakvim šljokicama. Uz nekoliko lančića, narukvica i sa lepim dugim crnim minđušama.

Odmeravala sam je. Dobro je izgledala. Onda sam je pogledala u oči.

"Skidaj to sve"

"Šta?"

"Ne spremaš se za izlazak, i ne treba da ga zavodiš. Već si to uradila"

Pogledala me je, a onda počela da zbunjeno skida jaknu kad je videla da sam ozbiljna. Prišla sam i kleknula ispred njenih bedara. Uhvatila sam rub njenih helanki i povukla ih na dole, a za njima i crne čipkaste gaćice. Uzdahnula sam kad sam odjednom videla pičku ispred sebe. Pomalo vlažna, kao orošena rosom, činilo se da je spremno očekivala kurac. Imala je vremena i da se depilira. Nisam mogla da odolim, poljubila sam je jednom, a onda jezikom polako prešla njenom čitavom dužinom. Oslonila je dlan na moju glavu i zastenjala. Činilo mi se da smo se obe prisetile starih zajedničkih avantura.

Ali nisam htela da gubimo vreme. Ponovo sam ustala i posmatrala kako skida majcu.

"I grudnjak"

Rekla sam joj to da ne bi bilo zabune. Kad je ostala gola preda mnom, pogledala me je i raširila ruke.

"Šta sad?"

Već sam se bila okrenula ka njenom ormaru. Našla sam neku običnu kariranu suknju i običnu majcu bez rukava. Uzela ih je u ruku i zbunjeno zurila u mene.

"Samo to?"

"Neće biti puno priče. Čovek dolazi samo na jebanje"

Malo je ustuknula, pomislila sam da će da odustane.

"Pa šta sam ja, prostitutka?"

"Ma ne bre. Stvarno mu se jako sviđaš. Samo je stidljiv"

Stajala je nekoliko trenutaka nepomično, kao da razmišlja. Već sam znala da se pretvara. I njoj je trebalo jebanje, samo je morala da se malo femka.

"Znači, ni gaćice?"

Odmahnula sam glavom, i ona je već počela da zakopčava suknju oko struka. Podigla je pogled ka meni.

"I ko je taj tip? Odakle me zna?"

"Saznaćeš sve. Samo ne odmah"

"Kako misliš ne odmah?"

Uzdahnula sam. Nisam znala kako da joj kažem najteži deo.

"Rekla sam ti već da je stidljiv?"

"Jesi. I?"

"Pa... On ne bi voleo da ga vidiš. Barem ne odmah"

"Kako da ga ne vidim? Kako će onda... Mislim, kako?"

"Moraćeš da nosiš masku"

"Imam masku"

"Ali preko lica"

Zbunjeno me je gledala nekoliko trenutaka.

"Da ga pustim da me jebe, a da ne znam ni ko je?"

"Ja ću biti pored tebe, a garantujem ti da je skroz normalan i fin tip"

Ćutale smo. Svuda oko nas je bila karantinska tišina, ništa se nije čulo. Navukla je majicu, a onda uzdahnula.

"Garantuješ mi?"

"Garantujem. Skroz je dobar tip"

”Dobro. A kad ću ga videti?”

”Kad završite. Mislim, posle će verovatno jebati mene, ako mu dozvoliš, pa onda možeš da nas gledaš”

Nasmejala sam se nestašno, a onda su se konačno i njene usne raširile u osmeh. Posmatrale smo se nekoliko trenutaka. Uzela sam je za ruku i povela u njenu dnevnu sobu. Postavila sam je da stoji naslonjena pored zida a onda sam joj navukla masku preko očiju.

Uvela sam njenog komšiju u stan i prstom mu pokazala da bude tih. Zastao je na vratima sobe. Kao da nije mogao da veruje onome što vidi. Devojka koju je tog dana tako napaljeno gledao stajala je pored zida, u kratkoj mini suknji i uskoj majci, sa povezom preko očiju. Spremna za njega. Njegova prva komšinica, koju je viđao i želeo svaki dan.

Na trenutak me je pogledao napaljenim očima. Još uvek je delovao začuđeno, izgledao je kao da je želeo nešto da me pita. Ponovo sam stavila prst preko usana, pa smo ušli u sobu.

On je stao ispred nje, a ja sa strane. Nagnula sam se nad njeno uvo i prošaptala da sam tu i da ništa ne brine. Ona je ipak drhtala između nas. Od neizvesnosti i strasti. Mogla sam samo da zamislim kako joj je. Stajala je ispred nepoznatog napaljenog muškarca koji se spremao da je jebe. Koliko god da je i sama bila uzbuđena, samo to što sam bila pored nje je smirivalo i davalo sigurnost da je sve u redu.

Naš muškarac je zadivljeno posmatrao. Kao da nije znao šta da radi. Verovatno je bio očekivao da ćemo prvo sesti, popiti piće, malo slušati muziku i pričati... Sigurno je bio i spremio neku priču za osvajanje. Nije ni sanjao da ćemo sve to preskočiti, da će odjednom stajati ispred svoje spremne i napaljene komšinice. Podigao je ruku ka njenom licu, i prstima joj lagano milovao usne. Znala sam da je želeo da je poljubi, dodiri su mu bili jedina zamena.

Njoj je to izgleda prijalo. I dalje je drhtala, ali spustila je bradu i počela da mu se prepušta. Pustila ga je da je dodiruje, a onda je ispružila ruke. Nije mogla da čeka. Prislonila je dlan na njegove farmerke i pokušala da obuhvati kurac. Prelazila je prstima preko njega gore i dole. Milovala ga je u farmerkama i hvatala ga za jaja.

Zastenjao je jednom tiho. Mogle smo da čujemo koliko mu je to prijalo. Kad je spustio ruke i uhvatio je za sise, i ona je svojim prstima otkopčala njegov šlic. Povukla je brzo farmerke dole i zavukla dlan u bokserice. Videla sam kako se trgnula. Kad je shvatila kakvu zver drži u ruci, na trenutak je zastala. Okrenula je glavu ka meni iako je znala da neće moći da me vidi.

Uzela ga je obema rukama, prelazila preko njega i merila ga dlanovima. Činilo mi se da je jedva dočekala kad je uhvatio za potiljak i povukao dole. Odmah je kleknula, raširila usne koliko god je mogla i provukla glavić između njih. Coktala je usnama oko njega neko vreme, pa je hrabro gurnula glavu napred i primila ga dublje u sebe. Kad je počela da ga puši, zgrabio me je za dupe i povukao bliže njima. Drugu ruku je držao oslonjenu na njenu glavu.

Nije uspevala da proguta čitav kurac, ali mu je pušila brzo. Držala se obema rukama za njegovo dupe i snažno nabijala glavom ka njegovim bedrima. Gledao me je u oči kad sam začula njegovo glasno stenjanje. Oboje smo pogledali na dole. Moja prijateljica je iskusno već izvadila kurac, drkala ga je ispred svog lica, a onda pustila da se sperma izlije preko njenih usana.

On je stenjao glasno dok je svršavao. Uhvatio je za kosu i povukao malo unazad. Uživao je što konačno mogao da gleda lice svoje omiljene komšinice dok je prskao. Video je samo polovinu lica, i prskao je po usnama i maski na očima. Kad je završio, ona je ponovo stavila glavić između usana, a on je podigao pogled ka meni. Slegnuo je ramenima, u tišini, kao da se pravdao. Izgledao je kao da ni on nije očekivao da će tako brzo da svrši.

Nije morao da mi se pravda, znala sam da mu neće dugo trebati da bi ponovo bio spreman. Kleknula sam pored drugarice, da to ubrzam. Oslonila sam dlan na njegove čvrste mišićave butine. Dok mu je ona pušila kurac, ja sam mu lizala jaja. Sećala sam se koliko ga to loži. Ubrzo sam mogla da vidim kako se kurac ponovo diže pored mog obraza. Kad je nju uhvatio za lakat i povukao je na gore, iskoristila sam priliku. Uzela sam kurac u usta i pušila mu dok se ona nameštala ispred njega. Odavno ga nisam osetila u sebi, i prijalo mi je da mi tako tvrd kurac ponovo ispuni usta.

Prekinula sam tek kad me je uhvatio za kosu i povukao nazad. Kurac mu je trebao za nešto drugo. Ona je već stajala dlanovima oslonjena na zid. Zadigla je suknjicu oko struka i spustila glavu. Izbacila je guzu ka njemu i čekala da ga gurne u nju. Provukla sam se između njenih ruku i naslonila na zid ispred nje. Oslonila sam obe ruke na njeno dupe i pogledala ih. Ona je sa maskom preko očiju brzo disala otvorenih usta. Njene usne svetlucale su od sperme, a gusta bela tečnost prekrivala joj je bradu. Jedva sam se suzdržavala da ne skinem masku i poljubim je.

On je polako drkao iza nje, napaljeno je odmeravao pogledom. Činilo se da uživa što je konačno mogao da je vidi golu ispred sebe. Nekoliko puta je udario kurcem po dupetu, a onda ga je ostavio tamo. Zavukao je ruku ispod njene majice i uhvatio je obema rukama za sise. Slušale smo napaljene muške uzdahe dok ih je snažno stezao. I ona je zastenjala.

"Uđi u mene... Jebi me odmah molim te, ne mogu da čekam"

Šapatom je tražila kurac. Nikad ranije je nisam čula da tako govori, i mislim da je nikad nisam videla tako napaljenu. Pustio je jednu njenu sisu, uzeo kurac u ruku i odmah ga gurnuo u nju. Gledala sam je dok je ulazio. Obe smo zastenjale istovremeno. Činilo mi se kao da je ušao u mene, toliko mi je bilo drago što je jebao.

Oslonila je ruke na moja ramena i nagnula se ka meni. Mogla sam da osetim njen topli dah na svom licu. Imao je ogroman kurac, i bila sam sigurna da joj je pričinjavao i malu bol. Ali njeno lice pokazivalo je samo osećaj zadovoljstva. Slušala sam je kako šapuće, samo za mene.

"Kako ima dobar kurac... Kako mu je dobra kurčina... Jebote, ko je on, gde si ga krila od mene... Kako me dobro jebe..."

Njena napaljenost odavno je već prešla na mene, osetila sam toplotu među nogama. Njene usne vlažne od sperme, razdvojene u strasti, sve više su me privlačile. Morala sam da je pitam.

"Jel smem da te poljubim?"

Nije ništa odgovorila. Približila je lice još više ka meni, i usnama potražila moje. Skinula sam masku i poljubila je strasno. Osetila sam njegovu tečnost između nas i zadrhtala od toga. Njeni dlanovi su pronašli moje sise, milovala ih je dok me je ljubila. Spustila sam ruku između nogu i drkala.

Jebao je brzo, snažno je nabijao od pozadi. Svaki njegov udar pritiskao ju je bliže meni. Sperma sa njene brade razmazivala se po mom licu. Slušala sam je kako sve glasnije dahće, a onda je raširila usne ispred mojih i glasno kriknula. Ljubila sam je dok je svršavala. Tresla se u mom zagrljaju, stegnula mi sise i strasno stenjala ispred mog lica.

Nastavio je da je jebe i nakon što je svršila. Njeno lice se i dalje brzo pomeralo ispred mog, dok ga je smireno primala u sebe. Činilo mi se kao da me je gledala kroz masku. A onda sam je začula.

"Moram da ga vidim"

Znala sam da će pre ili kasnije doći do toga. Nisam ni pokušala da je zaustavim. Nadala sam se samo da se neće mnogo iznenaditi. Skinula je masku sa svog lica i bacila je u stranu. Nakon nje svukla je i majicu, a preko nje bacila je i suknju. Bila je potpuno gola ispred njega. Kao da je želela da kaže da je sve pokazala, i da očekuje da i ona sve vidi.

Probala je da okrene glavu ka njemu, ali on je uhvatio za kosu i povukao u drugu stranu. Čvrsto je držao dok je jebao, i nije joj dozvolio da se pomeri. Poslušno je stajala nepomična neko vreme, a onda je progovorila.

"Hoću da te vidim"

Pogledao me je. Nabio je kurac još nekoliko puta u nju, a onda je shvatio da je ipak fer da i ona njega vidi. Šta god od toga ispalo. Pustio joj je kosu i izvadio kurac. Uspravila se i pogledala me. Sklonila sam se od zida, navukla masku na lice i stala pored njih. Uhvatila sam je za ruku i polako je okrenula ka njemu.

Na trenutak ga je gledala širom raširenih očiju, bez reakcije, kao da nije mogla da veruje. Onda je dlanovima pokrila usne od iznenađenja. One usne koje je malopre prskao spermom. Obrazi su joj pocrveneli.

”Kako si mogao? Ti si mi komšija...”

Nije ga ni gledala u oči. Samo je ponavljala kako joj je on komšija i kako to nije u redu. On je slušao koliko je mogao, a onda joj se ponovo približio. Uzeo je kurac u ruku, kolenom joj raširio noge i pokušao da ponovo uđe u nju. Ona ga je odgurivala, naslonila je dlanove na njegove grudi i gurala od sebe. Nije obraćao pažnju na to. Njegov kurac je već ponovo ulazio u nju. I dalje ga je gurala.

”Nemoj jebote. Neću... Nije ovo u redu”

Kad je počeo da je jebe, glas joj je postajao sve tiši, sve dok nije potpuno ućutala. Onda je naslonila ruke na njegova ramena i prošaptala.

”Imaš tako dobar kurac...”

Znala sam da je stvar konačno rešena, prihvatila ga je. Pustila sam ga da je još malo jebe, a onda sam ga potapšala po dupetu.

”Jel mogu sad malo ja?”

Oboje su me začuđeno pogledali. Na trenutak je izgledao kao da je zaboravio obećanje. Klimnuo je glavom nekoliko puta, kao da se tek tad setio. Okrenuo se ka meni i sa njim se okrenula i njegova kurčina. Ponovo susret sa mališom. Suknju sam odavno skinula, samo sam gaćice sklonila u stranu. Uzela sam tu batinu u ruku i sama se nabila na njega.

Tek kad je ušao u mene shvatila sam da ni jednog trenutka nije imao kondom. Nikome od nas to nije bilo palo na pamet. Važno da smo svi imali maske. Stajale smo pored njega. Držao nas je obe oko struka dok smo se strasno nabijali jedno na drugo. Videla sam da i je on uživa u tome što me je ponovo jebao. Gledali smo se u oči i uzbuđeno dahtali.

Osetila sam njene poglede na sebi. Znala sam da je pomalo ljubomorna i pre nego što sam okrenula glavu ka njoj. Više joj nije bilo smetalo to što su komšije. Izgledala je nestrpljiva da što pre ponovo primi taj komšijski kurac u sebe. Ili se uplašila da je više neće tucati. Bilo mi je drago što je napaljena, i što nije odustala kad je videla ko je bio njen jebač.

Zagrlila ga je oko vrata kad je izvadio kurac iz mene i gurnuo ga u nju. Kao da joj je laknulo. Jebao nas je obe naizmenično, malo jednu pa drugu. Razmenjivale smo naše sokove preko njegovog kurca. Gledao nas je strasno poluzatvorenih očiju, stezao nam guze i sise dok je ulazio u nas. Izgledao je kao da može da svrši svakog trenutka, samo nije znao sa kojom će.

Uhvatio me je oko struka i naslonio na zid. Onda je nju naslonio na mene. Uhvatio nas je obe za kosu dok se brzo nabijao u nju. Kao da je želeo da nas obe istovremeno jebe. Pritiskao je moju drugaricu sve snažnije na mene, a onda ga je odjednom izvadio.

Odmah sam kleknula. Uhvatila sam je za dlan i povukla za sobom. Uzela sam kurac u ruku i istog trenutka dobila spermu po licu. Udarila me je kao projektil po obrvi, još i pre nego što sam počela da mu drkam. Nesvesno sam okrenula kurac od sebe i drugi mlaz je zapljusnuo nju. Kad sam obrisala spermu sa oka, obe smo se približile glaviću, primale smo ostatak sperme na usne.

Lizale smo mu glavić i nakon što je prestao da nas prska. Ustale smo tek kad se odvojio od nas. Gledale smo jedna drugu i smeškale se. Koliko god da smo puta svršile zajedno, uvek smo bile same. Nikad nismo videli naša lica isprskana semenom nekog muškarca. Nisam mogla da zamislim da će nam se to nekad desiti.

On se skidao pored nas, ranije nije bilo vremena. Gledale smo ga dok je ravnodušnim pokretima svlačio farmerke i majcu sa sebe. Imao je zategnuto mišićavo telo i skoro da smo uzdisale dok smo gledale bicepse i grudi. Na stomaku nije baš imao pločice, ali je bio ravan i zategnut taman koliko treba. A ispod, spušten kurac, a ipak i dalje tako veliki.

Nehajno je odšetao do kreveta, spustio je stvari na njega i seo. Kao po komandi krenule smo za njim zauzele mesta pored njega. Zagrlio nas je dok smo posmatrale jedna drugu. Milovale smo mu kurac u tišini. Još uvek je bio vlažan od sokova naših napaljenih pičaka.

Bez nekog dogovora, spustile smo glavu ka njegovim bedrima i počele da mu pušimo. Nisam imala nadu da ćemo ga tako odmah probuditi, ali nam je prijalo da ga ponovo osetimo u ustima. I tako spušten bio je dovoljno veliki. Malo smo ga ljubile i uzimale u sebe, a malo smo ljubile jedna drugu. Polako sam prstom prelazila preko pičke i uživala u tom opuštenom, produženom osećanju zadovoljstva.

Kad smo pokupile i poslednju kap tečnosti sa njega i sa svojih usana, ona je ustala.

”Jel neko raspoložen za sok?”

Nije više izgledala kao da joj je bio problem što je komšija pojebao. Izgledala je kao da jedva čeka da je ponovo izjebe. Otišla je do kuhinje, uzela sok a onda ga sipala u čaše za stolom pored nas. On je ustao i prišao joj. Stao joj je iza leđa, prislonio se uz nju i uhvatio za sise. Polako ih je stezao dok je sipala sok. Pribio je svoju glavu uz nju i nešto joj šaputao. Nisam mogla da čujem šta, ali sam videla kako je zatvorila oči. Očigledno je uživala.

Kad se odvojio od nje, kurac mu je ponovo bio potpuno dignut. Gledala sam u njega kao hipnotisana. Zurila sam u kurac koji se lagano njihao dok je hodao ka meni. Ona mi je pružila čašu soka, ali sam je odmah rasejano ostavila na pod. Čim je ponovo seo na krevet, opkoračila sam ga i sela na njega. Nabila sam se do kraja na kurac, a onda počela da ga jašem.

Spustio je dlanove preko mojih butina i posmatrao me. Napaljeno sam skakutala po njemu i prstima brzo prelazila preko klitorisa. Drugu ruku sam spustila na njegovo rame. Nabijala sam tu kurčinu u sebe i pitala sam kako je moguće da sam sebi tako dugo uskratila to uživanje. Uzvraćala sam mu pogled i nadala se da je i on uživao u meni, da sam i ja njemu nedostajala kao on meni.

Drugarica mi je stala iza leđa. Počela sam da svršavam onda kad sam osetila njene tople prste na svojim sisama. Milovala ih je dok sam drhtala ispred nje, nabijajući kurac duboko u sebe. Sačekala je da svršim, a onda me je blago gurnula u stranu. Bio je njen red. Sela je na njega, uzela kurac u ruku i gurnula ga u sebe. Jebala ga je kao da to radi čitav život, kao da joj do malopre nije bilo krivo što je on njen komšija. Skakala je i stenjala, uživala pored njega.

Obukla sam se u tišini. Uskoro je počinjao policijski čas, a i znala sam kad sam višak. Nisam im se javila, da ih ne prekidam. Na vratima sam se još jednom okrenula ka njima i nasmešila se. Bilo mi je drago što sam ih spojila. Nadala sam se jedino da ću se još nekad jebati sa njim, pre nego što to postane ozbiljna veza.

Also by Višnja Savić

Povratak u školu
Magični lift
Čitateljka
Beogradski harem
Između komšija
Klinac iz komšiluka
Tri komšinice
Priče
Strast u doba korone
Ljubavnik po zadatku
Beogradski harem - početak
Privatna nastava

www.ingramcontent.com/pod-product-compliance
Lightning Source LLC
Chambersburg PA
CBHW061621130726
47996CB00003B/1071